ハヤカワ文庫JA
〈JA636〉

あなたとワルツを踊りたい

栗本　薫

早川書房
4549

目次

あなたとワルツを踊りたい

第一章　真夜中にベルが鳴る

真夜中の電話。

それはかけてくるあいてしだいで、ずっとまちかねて待ち続けていた嬉しいものにも、ぞっとするほどの怒りと嫌悪をかきたてるものにもかわってしまう。

そして今夜も真夜中にベルが鳴る。いつもの部屋で——

はづき　1

はづきが目をさますと、まだ電話のベルが鳴っている。
夢じゃなかった。せっかくすてきな夢――ユウキの夢を見てたのに。
電話のばか。
はづきは手をのばしていやいや受話器をとる。
もしまた《アイツ》だったらもうこんどこそケイサツにいってやるから。
「もしもし。もしもし？」
何時よ。いったい。
冗談じゃないよー……夜中の二時半じゃない。
お肌睡眠不足で荒れちゃうよ。
来週ユウキのコンサートなのに。
荒れたお肌のはづきなんかユウキに見せらんない。

「もしもし――もしもし？」

《アイツ》だ。

げげー。

じとーっとだまりこくってるイヤーな《アイツ》。

ったくなんだってのよォ。いーかげんにしてよねッ。

「もしもしッ！　いーかげんにしてよねッ！」

だれもいない真夜中にあたしの声が吸込まれた。

はづき泣いちゃうから！

（ウチ出るんじゃなかった）

ウチならママもパパも――

でもウチにいたらすきなように遊べないし。

電話を叩き切ってまたベッドに横になる。だけどもうすっかり目がさめてしまってる。もうッ、イヤ！

これでいったいどのくらいになるんだろう。このヘンな電話がずーっとずーっと真夜中になるとかかってくるようになってから。

もう、げー、だもんね、げー、だ。

なんで、はづきのことなんかそんなにかまうのよ。

考えてみた。最初にかかってきたのがたぶんあれは半年くらいまえだから……ここのアパートの部屋かりてからひと月もたってないくらい。

やーねー。はづきが女の子一人暮らしはじめるのまるで待ってたみたい。

だからパパがやめろっていってたんだよね。

(女の子の一人暮らしなんか賛成できないぞ)

って。

東京にウチがあるのに、なんで下宿なんかしたいんだ……男でも引っ張り込みたいのかなんて、パパってサイテー。オヤジー。大嫌い。

でもちょっとは期待してたりして。嘘。はづきにはユウキしかいないんだから。

そうよね。

ユウキよりすてきな男なんてどこにもいない。だから、はづきはユウキしか見えないの。

あんまり雲の上のタレントさんなんかに夢中になるなんてばかだ、って友達にもいわれるし、いつまでも若いわけじゃないよ、なんてママにはいやみいわれるし、物好きねーとかっていう人もいるけど、みんなにはユウキのよさがわかんないんだとはづきは思う。

つまんないそのへんの男が何万人いたって、ユウキ一人と全然違うんだから、だからユウキとは一緒になんないと思う。

どうせ結婚もできないようなあいて、どこがいいの、っていう人もいるんだけど、はづきは心のなかではいつも思っている。そんなことはないって——もしかしてユウキがはづきを好きになってくれることだってあるかもしれないし——もう名前はちゃーんと覚えてくれてるんだし。顔をみればにっこり笑ってだってくれるし。もちろんユウキには恋人だっているだろうと思うけど——あんなにすてきなんだから——でも、そんなこと最初からわかってるんだし。

ヘンな男と結婚したり恋愛ごっこなんかするより、そのほうがはづき楽しいんだもの。

だから、いっくら真夜中にいたずら電話なんてかけてきたってダメだよーだ。《アイツ》め。

《アイツ》ってきっとヘンタイさんだと思う。きっとくさくって、おフロもあんまし入ってないような感じで、ブタみたくブヨブヨって太ってて、そのくせして手足はみょーーに細かったりして、顔もぶよんぶよんで目がとろんとしてて……あーっ気持わるいーっ。

そんなヤツがどうしてはづきに電話かけてくるんだろう。

一人暮らしの女の子ってみんな多かれ少なかれそういう目にあうんだってマチコがいってた。パンティとられた子とか。痴漢にあった子とか。

はづきはもともとわりと痴漢ってよくあうんだけど、ううん、べつだんそんな美人じゃないんだけど、どういうわけか痴漢って中学高校んときからよくあったな。

あれってすごくぞーっとするのよね。なんかすごく気持が悪くて。からだじゅうにねっちょりーってなんかきちゃないものを塗られちゃったみたいなへーんな気持になるの。

あの、アレ。

男の人の出すやつ、アレをスカートにつけられた子とかいるしぃ。泣いてたな。ちっちゃい子で、勉強できてクラスの委員長やってた子で……べつだんそう美人じゃなかったけど。まあカワイイってタイプかなー。通学んときに。うしろからさわられて。でもっておりてから全然気がつかないで学校きたら友達がスカートみて、きゃーって。

「やっだーつけられてるー」

って。

でもって東さん（思い出した、東千恵子っていう子だったんだ）泣いちゃってー。そりゃそうだよねー。ヤだもん。ほーんとーにやだもん。気色わっるーい。きちゃなーい。自分のスカート、もう二度とそれはきたくない気分になるもんねー。

なんで男って、あんなコトするのかな……

東さんは泣きながら校庭の水道でスカート洗ってた。

あのあと東さんてなんかあんまし笑わなくなったみたい。学校出てから何してんのかな。

全然わかんないケド。

だからなんか、痴漢って、東さんがあわされたみたいな……アレをいつなんどきどこにくっつけられちゃうーみたいな感じですっごい、イヤ。

バカみたい。気色悪い。

男って……

だからユウキだけ。

ユウキは男っていっても、全然違うもんに見える。そんなヘンなものなんかついてない、出したりしない、全然ユウキがそうしてるとこなんて想像できない、みたいな。

そうだ、高校んとき、よく痴漢にあったって話だったんだ。

やーねー。スカートまくられたり、中に手つっこんでパンツさわられたりさ。胸、自転車のコとかにとおりすぎざまにぐわしとかってつかまれたりすると、痛いし、腹立つし、これは相当きびしいもんがある。

女ってソンだよなーってそういうときに思う。

あ……でもユウキが前にいってた。ファン感謝デーんときに。

「ハイ、オレはよく男に迫られまーす」って。

みんなバカうけだったけどぉ。

だろうなー。だってユウキってキレイだもんなー。そのへんの女のコチャンより全然キレイだもんなー。

そりゃ、迫られるかも……

だとすると、ユウキも痴漢にあったりとかしてイヤな思いしたりしたことってあんだろうな。

かわいそーかも……

女だってショックなんだから、オトコのコでそーいう目にあったらもーっとショックだよね。きっと。

小説とかにあるみたいに、テレビのプロデューサーとかに迫られたりとかしないのかしら。

やん。

また電話……

もう、やだ。

もしまた《アイツ》だったら……今度こそ、警察にいってやっからねッ。

「もしもし。もしもし」

（ハア、ハア、ハア、ハア）

やーな声が、受話器のなかからして、はづきは完璧にあったまにきた。

バッキャローッ！　なめんじゃねーよーッ！　これでもあした会社なんだぞーッ！　ざけんじゃねー！　このドテカボチャのどスケベやろーっ！

「警察にいうからねッ！」

はづきは怒鳴った。

「こんど電話かけてきたら警察に訴えるからねッ！　いーかげんにしてよねッ！　この——この——どたんこなす！」

あちゃ。

あんまりこーふんしたからベロがもつれちゃった。ドタンコナスだって、なんだそりゃ。

おまけにヤツ、途中で電話切りやがんの。

すっげー気分悪ぃ。

あーーーっ最低。

すっかり目さめちゃうし……

あした寝坊だー。でも早くとっとといまの分の仕事やっちゃわないと、もう来週の青年館コンサートまで五日しかないしぃ。

残業でユウキのコンサートいけなくなるなんて超超ヤダ。

絶対ヤダからね。

だからいま会社絶対休めないし。

あーっもう最低……最低、最低。

気分なおしには……

そりゃなんたってやっぱしユウキだよね。

手をのばして、枕もとのユウキの写真をとる。写真立てにいれてあるいっちばんおキニの写真、すんごく可愛いやつ。

あーっ可愛い。やっぱ可愛い。あんたってどうしてこんなに可愛いのー。

二十四すぎたオトコのコだなんて思えないー。十七歳くらいに見える。

ハーフっぽいおっきな茶色の目がきれいなくーっきりしたフタエで、ちょっとはにかんだみたいな笑い方してこっち見てて……首にセーターの袖縛ってかけて、清潔な白いシャツとジーンズで、ちょっと長めの髪の毛も茶色で……すっごく、まつげ、長いのッ。えくぼがあったりして。

それでいてほっぺたが痩せてんのよね。

いいなー。

こんなキレィな顔した男の子って、何考えて生きてるんだろうなー。

べつにはづきだって自分のことすごいブスだなんて思ったことないけど、すっごい美女だとも思ったことない。

わりと、普通、かな、なんて思う。何もかも、普通、だと思う。すんごいデブでもガリでもないし、ばつぐんのプロポーションとかでもないし、背もちょうど普通だし、カオも……きっと普通だし。足23・5センチで普通、背は158センチで普通。そうすごいグラマーでもないけどなーんにもナイってわけでもないし。

アタマも普通、だったと思う。性格も……普通、だよね。

なんか何もかも普通づくめで。だから、きっと、ユウキみたいに普通じゃない存在にあこがれちゃうんだろうな。はづきって。

男でさあ、もしはづきがこーんなカオしてたら……

したいことといっぱいあるな。具体的に何したいのかはよくわかんないケド。

でもユウキがにっこり笑ってくれるだけで、あのキレィなすきとおった声きくだけで、なんかすっごくしあわせな気持になってさ……

いろんな人、たくさんの人、そうやってしあわせにできる、ってすっごくすてきじゃない。

ユウキのこと好きだ、っていう人たちと、コンサートとかでいっぱい友達になったりしたから……それだってユウキが友達作ってくれたみたいなもんなわけだし。

なんか、はづきの生活にとって、鮎川優貴ってすっごく大きいかもしれない。みんないうもんな。はづきのこと、名前覚えてなくても、あ、あのユウキのファンのコ、って。

それではづきのこと覚えてくれてる人もいっぱいいるみたい。

なんか変な気分だね、それって。

でもいいの、しあわせだから。

あ、よかった。気分直った。

サイテーの助平のうっるさい痴漢野郎の無言電話野郎のハアハア野郎にこわされた気分、しっかり直った。

ユウキ、有難う。

ちゅ、なんてしちゃお。

ちょっと恥かしいけど、自分の部屋だもん、誰も見てないんだからいいんだもん。

ユウキ、お休みなさーい。

コンサート、がんばってねー。

福永はづき、いつも応援してますッ。

お・や・す・み。

昌一　1

「こんど電話かけてきたら警察に訴えるからねッ！　いーかげんにしてよねッ！　この——こ」

俺は受話器をおろした。

ぶつり、とはづきちゃんの可愛い声がとだえた。もう一回受話器をとりあげて耳にあててみる。

ツーッツー、と冷たい音がきこえてくるだけだ。

もう一回かけてみようか。どうしようか。

俺はしばらく考えていたが、きょうはなんだか疲れたし、それにはづきちゃんがけっこう怒ってるみたいに思えたので、もうやめることにして、すっかり暗記してる電話番号をもう一回おすのはやめにした。

「ちっとも美人じゃないけれどォ」

鼻歌を歌いながら受話器をおろし、ベッドに寝ころがる。ここから100メートルとはなれてないところにはづきちゃんがいて、そして八つの数字の組合わせをおすだけでそこに電話線がつながるんだ、という思いが俺を浮き浮きさせる。

（はづきちゃん、怒ったのかな）

俺はハッキリいって、はづきちゃんのことを考えながらオ＊＊＊していたところだった。思わず声が出てしまったから、それではづきちゃんにバレてしまったのかもしれない。はづきちゃんはきっと恥かしがるだろう。

俺は中途半端に勃起したままの性器をジーパンのなかにしまいこむことにした。続きをするかどうか、イクまでやってちゃんと抜くかどうか、ちょっと迷ったが、俺は半勃ちのハンパな状態のままで半分気持がイったまんまでいるのがわりと好きだ。なんだか頭がちょっとぼーっとして、ヤクをやってるみたいな気分になれる——って、やったことはまだないのだが。

（福永はづき）

これまでに何千回も口にだしてみたその名前をつぶやいてみる。可愛い名前だ——ちょっと名前負けしてるよね、はづきちゃん——なんていったら怒られるだろうと思うけれど、しかし「福永はづき」というとアイドル系のすごい美少女かなんか出てきそうな気がするのだからしかたがない。

でもいいんだ、と思う。俺は、はづきちゃんの、その普通なところが好きなのだ。凄く可愛らしすぎもしないし、もちろんブスじゃないし、凄い美人でもない、ごく普通、っていう感じが俺は気にいっている。俺にはたぶんああいう娘《こ》が一番ふさわしい——だろうと思う。

世の中には凄い美人だの、凄い才能の持主だの凄いキャラクターの強い女の人もいて、そういうのを素敵だなーとは思うけれども、俺はいつもそういう女の人には惹かれない。俺は誰かスターとかアイドルちゃんを好きになったことはいっぺんもなかった。俺はいつも分相応、ってことをとても気にしてきたからだ。それはつつましやかな田舎のばあさんだったおふくろから教えられたことなのかもしれない。分相応、身の程を知れ、というのがおふくろのいつもの口癖だった。

世の中には凄い美人もいて、凄いカッコいいプロポーションの女とか、なんでもできてしかも美人だとか金持ちだとか、有名だとかそういう女もいるんだろうと思うけれど、そういう女が俺なんか相手にしてくれるわけはないし、そもそも俺だってそういう女をどういう顔をして抱いていいんだかわからないだろうと思う。おどおどしながら女の上に這い上がってゆくなんてイヤなことだ。それだったらやっぱり、俺は分相応の女でいい。というより、分相応の女がいい。

はづきちゃんは可愛い。あんまり美人じゃないけれど、よく見るとちょっとおばさんぽい感じもするけれど、あと二十年たったらすごく普通のオバサンになるだろうという感じが――それもわりと、すごく普通っぽく太ったオバサンになるだろうという感じが物凄くするけれども、でもそのころにはきっと俺も腹が出てるくせに手足が細くて、頭はハゲあがったただのオッサンになっているだろう。

だから、それはお互いっこってことでしまいだと思う。……俺はオバサンになったはづきちゃんと、オッサンになった俺が二人のあいだの子供をまんなかにおいて座っている心あたたまる光景を思い描いた。なかなかリリカルな気がする。

ほんとにそういう時が二十年だか三十年後くらいにきたらいいな——俺はうっとりと思った。知らず知らず知らずのうちにまた手がジーパンの中に這い込んでゆく——俺はしょっちゅうオ＊＊＊をする。あんまりしょっちゅうするので、手をつっこみやすいようにジーパンといってもウエストがゴムになっている、ダブダブのやつばかりはくようになってしまった。ジーパンの中で固くなったアレが突っ張らかって痛い、という感覚も決して嫌いではないが、それよりもすぐに手を突っ込んで触れたほうがいい。俺はときたま自分のことをサルみたいだなと思うときがある。サルにオ＊＊＊を教えると止められなくなって死ぬまでヤっちまうというけれども、俺も覚えたての中学から高校の頃、どうしてもやめられなくていじり倒してついに皮がすりむけてヒリヒリしてきてもまだやめられなかったことがある。最後には本当にマジで皮がむけてこすると血が出た。それでもやめられなかった。

俺はたぶん人よりか性欲が強いのかもしれない——だけどいまは自分で抜く以外はほとんどソープにいったりとか女をひっかけたり買ったりすることはやめている。なんとなく、はづきちゃんに悪いような気がするからだ。俺ってなんて健気な貞淑な男なんだろうとちょっと自己陶酔したりする——俺はさぞかし子煩悩で家庭を大切にするいい亭主になると思う。優しくするだろうし——どうしてはづきちゃんはもっと俺と仲良くしてもっと早くあたたかい家庭を作ろうと思わないんだろう。

きっとまだ若すぎる、結婚するのは早すぎるって思っているのだ。はづきちゃんはまだ二十三歳だからしかたがない。でももう本当は若すぎるなんてことはないんだけどな、と思う。昔なら二十三ならもうとっくに結婚して子供だって出来ている。俺のおふくろだって二十歳で結婚して二十一で兄貴が生まれた。そのあと俺が生まれたのはあいだに姉貴をいれてもう三十すぎたときだったそうだけども。

俺が二十九ではづきちゃんが二十三ならちょうど似合いの夫婦になると思う。背もはづきちゃんはあんまり高くないから俺とちょうどいい。はづきちゃんのことなら俺は何だって知っている。ずっと、もうこの半年間ずっと見てきたから俺ははづきちゃんのことは何だって知ってるのだ。福永はづき、二十三歳、誕生日は（これはいろいろ調べたくて区役所にいって調べてきた）四月十日、おひつじ座、血液型はA型、身長160センチ（くらいだと思う）体重49キロ、B、W、Hは上から順に86、62、92、ただしこれは推定にすぎない。いつか本当のサイズをきいてみよう。そんなにないわヨーって怒られちゃうかもしれない。でも俺はあんまり痩せてない方が好きだ。はづきちゃんにもあんまり痩せてほしくない。女はやっぱりふっくらして抱きごたえのあるほうがいい。はづきちゃんは決してすごく太めってわけじゃあないけれども胸がけっこう目立つ。そこがまず最初に俺の目をひいたのだ。それから足はけっこう太い。ことに足首が太い。そこもしかし俺は気にいっている。あの太めの足首に生活感がある——うぶ毛のはえたどっしりした足。あの足をなめてみたらどうだろうな、と思う。

　俺はしょっちゅうこんなことばかり考えている。はづきちゃんのおっぱいのこと、はづきちゃんのお尻のこと、はづきちゃんのアソコのこと、はづきちゃんは処女かどうか、ということ。はづきちゃんがここに引っ越してきたのは半年前だ。俺の向かいのアパートに引っ越してきたのだ。そのときは夏のおわりで、はづきちゃんはTシャツと短パンをはいていた。引っ越し屋と一緒に額に汗をかいて鼻のあたまを光らせて荷物を運んでいるはづきちゃんを見て、俺はなかなかグラマーな子だなと思って向かいからながめていた。ああいう子がむかいの部屋に入るというのはとてもいいことだ。もしかしたら着替えてるところとか見られるかもしれないし、そうでなくたって顔を見ているだけでも楽しい。はづきちゃんは何も気づかずに道にまた出てきて汗を拭った。そのとき、手をあげたら、モスグリーンのTシャツの腋の下にくっきりと大きな汗じみができていた。それを見ていきなり俺は射精してしまった──もちろんいきなり出たわけじゃない。窓の下にもたれて向かいで引っ越しがばたばたしてる光景を見ながら、俺は暑くて何もやる気にならないままにやっぱりなんとなくうだうだとパンツの中に手を突っ込んで自分をいじっていたのだ。しかしまだ全然イクほど強くこすってなかったのに、はづきちゃんの汗じみを見たとたんに俺はいきなりイってしまった。なんかすごいあの汗じみはインパクトがあった。

　それがだから、俺がはづきちゃんに決めた理由かもしれない。本当は腋毛なんてものも生やしてみてくれればいいのになーと俺は思っている。腋毛のある女なんて黒木香以外見たことがないし、もちろん黒木香だってスタれる前にも本物なんか見たこともないわけだが、でもイメージ的になんかHくさくていいなーと思う。それにはづきちゃんには、これはもちろん可愛想だから当人にはいえないけれども、なんとなくドンくさいところがあって、そこがその腋毛だの、腋の下の汗じみだの、太い足首だのとすっごくよく似合うのだ。俺なんかはソコがセクシーだなと思う……当人はイヤかもしれないが。

はづきちゃんはここからちょっとはなれた三軒茶屋に実家があってお父さんとお母さんと弟がいる。はづきちゃんはここからバスで渋谷にいって、そこから電車で恵比寿のコンピュータ会社に通っている。でもべつだんコンピュータのSEとかなわけじゃなくて、ただのOLだ。はづきちゃんが昼休みにグレイのかかった紺のジャンスカと白いブラウスの制服すがたで同僚とランチを食べに出てくるところを見に俺は何回も会社の前に通った。だから会社のまわりの喫茶店とかのこともけっこうもうわかっている。あそこの会社の真向かいの「シドニー」って喫茶店はけっこうランチがいい。はづきちゃんはここにはこない——女のコにはこの喫茶店はいまどきまだ片付けてないTVゲームつきの台があったりしてダサくて古くて、おまけにボリュームランチなんかが売り物でヤボいんだろう。はづきちゃんが好きなのは、というかよく行くのはシドニーよりもうちょっと駅のほうに戻ったとこのおしゃれなイタリアン・レストランだ。そこのパスタ3色ランチがはづきちゃんは好きなのだ。でもたまに弁当を持ってくるらしいときもあって姿を見せないこともあるけれども。

はづきちゃんは鼻の下、唇の上にウブ毛が生えている。そして唇の横にホクロがある。色があんまり白くないので、あちこちによくホクロがあって、それがなかなか色っぽい。俺は双眼鏡でよくはづきちゃんをアップにして見てるからホクロの位置のこともよく知っている。あのホクロにひとつひとつ、唇をつけてなめてやったらくすぐったがるだろうな――ああいうコはくすぐったがりのタイプだ。それにうぶ毛だけれどわりと濃いタイプだから、下の毛もきっとわりと色黒で、もしゃもしゃしていて――そういうことを考えていると俺はいくらでも飽きないし、一回イってもまたすぐに勃起してくる。俺はまたサルになっちまいそうだ。

いまは冬だからはづきちゃんは厚いコートを着ている。早く夏になってまたあの汗じみが見たいと思う。その前にはづきちゃんのバースデーだ。俺がなんかプレゼントしてやったら驚くだろうな、と思うと心がはずむ。でもまだそれまでには一ヶ月くらいあるのだった。

あの娘は処女なんだろうか――それとももう何回もヤリまくってるんだろうか。会社の中には好きな男とかは全然いないみたいだけど、あの娘はなんとなく、顔は決して凄い美女ってわけじゃないのに男をソソルものがある。ときたまはづきちゃんと一緒にランチを食べにいったり、帰りに一緒に駅前の居酒屋にいったりするあの男たち――みんな妙にスカした背広姿のあの男たち、あのなかにはづきちゃんの彼氏がいるんだろうか。だがそういうことはないらしい、ということはもうそれも調べてあった。はづきちゃんはたぶん彼はいない――男があの部屋を訪ねてきたことも一回もないし、（弟は別としてだ。弟はまだ高校生だからすぐわかる）いかにもデートにいくらしいピンクのワンピースかなんか着てルンルンでお出かけになったことがあったから、心配になってあとをつけてみたら、銀座の劇場の中に入っていって、女の子と三人で出てきたから、なーんだと思った。はづきちゃんは芝居が好きらしい。それにコンサートもだ。たいてい、飲みにいくときには女の子と一緒のほうが多いし、男がいても会社の飲み会、って感じであんまりデートっぽくはない。真面目な娘なんだと思う。そこも俺は気にいっている。当節のイケイケは俺にはちょっと御免なさいだと思う。だけど好色だ。それは間違いない。ああいう浅黒いホクロの多い肌とああいうぽってりした唇をしてる女、ああいう足首の太い女はイイんだ。そう週刊誌で読んだことがある――それにあの汗じみ。なんかにおいそうな感じがすごくソソル。きっと胸なんか、浅黒くってうぶ毛が生えていて、けっこう固くて、脱がせてみたら胸がわりとハト胸で――それとも意外と白いんだろうか。脱がせてみたら胸と腹のあたりが全然予想外に白い、てのもけっこうクルなあ。

気がつくと俺はまた一発抜いていた。

ようやく朝の光が建物のむこうの空にさしてきている。俺はいつもあんまり寝ない――寝るのはほんとの朝の五時とかから昼前まで、四、五時間だけだ。なんとなく、あんまり寝ると勿体ない気がしてしょうがない。

早く寝ると早く目がさめてしまう。そういうときには、やることもないから俺ははづきちゃんにくっついて、通勤電車に乗って、はづきちゃんになるべくくっつくようにして、痴漢をやる。一回はうまくじかにスカートの中に手をいれることができた。はづきちゃんはパンツルックが嫌いだ。ロングのスカートが多いので、それをまくりあげるのに手間がかかる。でも俺はいつも頭のなかではづきちゃんを脱がせるシミュレーションをしているから、それが現実になったのでスゴクドキドキした。はづきちゃんはガードルをはいていた。だからじかにオ＊＊＊にさわることはできなかったし、パンティにさわることもできなかったが、そのかわりストッキングをはいてなかったのでナマ足にじかにさわってしばらくなでまわして、それから足のつけねの間のとこをしばらくなでることができた。はづきちゃんは誰が痴漢してるのかわからないですごく困惑してるみたいで、いまにも泣きそうになりながら、鼻の下のくぼみに汗をためてうぶ毛を光らせ、あっちこっちおどおど見回しながら困っていた。俺の手が、はらいのけてもはらいのけても股間をなでまわしにのびてくるので泣き出しそうになっているはづきちゃんはとっても色っぽかった。そのまんま突っ込んじまいたいくらいだった。でももちろんそんなことは俺はしなかった。俺にだって理性ってものはある。俺は片手をジーパンのなかにいれて自分をさわりながらはづきちゃんを恵比寿のちょっと前までさわりまくっていた。ふともも は思ったとおりわりと固い感触だった。高校時代にスポーツをちょこっとやってたんだろうか、って感じだ。でも選手だったり陸上とかそういうハードなやつじゃない。困って泣きそうになってるはづきちゃんに、本当は、泣かなくていいんだよ、ボクだよ、触ってるのはボクなんだから何の心配もしなくてイイからもっと足をひろげて、ガードルなんかぬいじゃってじかに触りあおうよ、とささやいて安心させてやりたかった。そうしたらどんなに安心しただろう。そうして俺にも触ってほしかった。はづきちゃんのちっちゃな手で俺を触ってくれたら俺はどんなに興奮するだろう。だけどそのとき地下鉄が恵比寿についてはづきちゃんはスカートをひったくるようにしておりていってしまった。俺はついておりてしばらくはづきちゃんのあとについていって会社の前で自動販売機のコーラを飲んだりうろうろして、それからウェンディーズで朝飯を食って帰って寝た。

あしたも——というか今日だけど——はづきちゃんの会社まで送りにゆこうか。でもあまり毎回やると、そのうちに顔を覚えられて警戒されてしまいそうだ。

ああ、早くはづきちゃんとHできるようになりたい。

俺は、急に腹がへってきた。それで出したもんの後始末をして手を流しで洗って、上からジージャンをひっかけて近くのコンビニまで何かくいものを買いにゆくことにした。そのコンビニなら、行き帰りにはづきちゃんの部屋の窓の下を通るから見上げることもできる。俺の念波を送って俺がここにいるよ、というサインを送ってあげるのだ。俺は幸せだった。

俺は外に出た。ようやくあたりはうす明るくなりかけている。でもまだ冬の終わりだ。夏ならもうすっかり明るくなって小鳥がちゅんこらいってるころだろうけれど、まだまだ夜、という感じだった。

俺ははづきちゃんの部屋の前でいったん足をとめて、思いをこめて丁寧に電波を送ってやった。俺がここにいるよ、はづきちゃんのことをとっても好きだよ、という電波を送ってやったのだ。

とたんに、凄い音をたてて突進してきた車にひかれそうになって俺は猛烈に腹をたてた。

「野郎！」

そこで車が止ったら運転席のやつをひきずりおろして殴りかかったかもしれない。死んだらどうするんだよ、まったく。

　けど、車は止らなかったし、それですごくよかったらしい。通り過ぎてゆくときにちらっと見えたその車には、なんだかグラサンのおっかなそうな男たちが乗ってたし、それにそのあとギュロロロロォとすごい音をたてながら夜明けの世田谷通りを曲っていったその運転はすごく気が荒そうに見えたからだ。でも俺はまだ頭にきていた。その車が、すごくいいお洒落な2ドアのベンツだったからだ。ベンツなんだからもしかしたらヤの字系かもしれなかったが、俺はむかついた。俺なんかには一生乗れそうもない車だった。

「事故っちまえ。くたばれ。ゲス野郎」

　俺はいってしまったベンツの背中にむかって怒鳴った。それから、自分の大声でまわりのうちが驚いて窓があいたらいけないとあわてて路地に入った。カレーうどんでも買ってこよう。インスタントじゃない、ちゃんとレンジでグツグツ、煮込むやつだ。それにメシの残りをぶちこんで食べよう。そのあとでちょっと寝て、それから今日はどうしていよう――はづきちゃんの会社までいってみようかな、と俺は思った。今日はおふくろから仕送りがきてるかもしれない。そうしたらたまには新しいビデオでも見ようかなと思う。その前にまずカレーうどんだ。俺はどうしてか無性にカレーうどんが好きだった。

ユウキ　1

「危ないッ！　やめてよ！」

　僕は悲鳴をあげて運転席の浩司さんの腕にしがみついた。浩司さんは声をあげて笑っている。レイバンのミラーのサングラスの横顔が鬼か悪魔にみえた。

「何怖がってんだよ。怖がる柄かよ」

「だっていま人ひくところだっ――ん」

「黙ってろ。舌かむぞ」

「乱暴なんだからー」

　うしろの席から冴木瑠美が甲高い声で抗議する。

「頭打っちゃったじゃない」

「ちゃんとつかまってねーからだよ。黙ってろったら」

「んーもうコウちゃんに送ってもらうんじゃなかったー」

「いーよ」

　田所浩司はいきなりすごい勢いで急ブレーキをかけた。ベンツは悲鳴のようなタイヤのきしみ音をたてながら道路わきに急停車した。

「あーっもう酔っ払ってー」

「じゃあココで降りろ、瑠美。俺はユウキとドライブする」

「なーにバカいってんのよ。タクシー代なんかとっといてないわよ」

「そのへんで男でもひっかけりゃお前ならすぐ金もらえるよ。じゃーな」

「ひっどーい。信じられなーい。やめてよ、冗談きついよ」

「冗談じゃねえよ」

浩司さんはサングラスをとって芝居がかった態度でうしろの座席をにらみつけた。もとが渋い二枚目だけにそういう怖い顔をすると大きな鋭い目がぎらぎらと迫力があって実にハマるなあと思う。

「俺はいつだってマジだ。降りろ」

「イヤーッ」

「もうちょっとそのへんの駅まで歩きゃ始発の時間だろう。とっとと降りろ、瑠美。でねえとひきずり降ろすぞ」

「イヤだったらっ。なによ、あやまるわよ、あやまるから送って、うちまで」

「どうあやまる」

「ごめんなさい。私が悪うございましたッ」

「よし」

浩司さんはニヤニヤ笑いながらまたサングラスをかけ、車を出した。

「わかればよし。お前なんかお邪魔ムシなんだから、俺にさからうな。いつでも放り出すぞ」

「ひっどーい」

「うるせえ、ブス」

「ブ……」

これは、云われたのが冴木瑠美でなければわっと泣き出されかねないシチュエーションだ。僕にはとてもそんな単語を女性にむけて発する勇気はない。しかも名うての二枚目俳優にいわれたらだ。

でも、なにしろあいては人気上昇中の若手美人女優冴木瑠美だから、屁でもなかった。

「わーるかったわねー、ブスで」

瑠美は自分の美しさをよーく知っている傲慢な顔で唇をつきだした。僕はじっとルームミラーで瑠美の顔を見ていた。気の強い女、と思う。でも気の強い女は嫌いじゃない。

「アンタにいわれるスジないのよ。ほっといてよ、ホモのくせに」

「ホモで悪かったたな。悔しかったら男になってみろ。そしたら抱いてやらあ」

「だーれがあんたなんかに……っと、また降ろされたらたいへんだー。しゅみましぇーん、殿ー」

「ケッ」

浩司さんはバカにしたように笑った。車はジグザグに蛇行しながら広い朝の環八をダンプのあいだをぬって走ってゆく。あちこちからダンプのクラクションと罵声をあびせかけられながらだ。

「気の強えー女ー」

「ふん」

「だから女優なんか大っ嫌いなんだッ」

「ふん、男優のほうが好きなだけでショ」

「悪いか。この世界じゃ当たり前のことだッ」

「ヘンタイ」

「うるさい」

浩司さんはいきなりハンドルを切った。またしてもダンプの運ちゃんの罵声をあびながらキキーとするどいタイヤのきしむ音をたてて、浩司さんのベンツは用賀のファミレスのひとつの駐車場にすべりこむ。

「ちょっとぉ、どうしようってのよー」

「コーヒーが飲みたくなったんだ。お前はここから帰れ、瑠美。俺はユウキと夜明けのコーヒーだ」

「ふっるーい」

「るさい。早く帰れ、ブス」

「ブスってうるさいわね。何よ、ホモ」

「ああ、もう、ほとけ心だして送ってやるなんていうんじゃなかった。お前のせいだぞ。優貴。責任とれよな」

「責任って」

僕はあいまいな笑顔をしてみせる。とたんにその首をひっつかまれて、駐車場にとめたベンツのなかで、ぐいとひきずりよせられて、浩司さんの唇が僕の唇に重なってきた。目一杯ディープなキス——舌が唇のなかに這い込んでくる。気持がわるい。酒くさいキスなんて最低だ。

「うげー、やめろ、ラッキーくんっ」

瑠美がわめく。

「こ、浩……」

「好きだぞ。優貴。本気だ。可愛いぞ」

熱い声が息づかいと一緒に耳にふきこまれた。

「女なんかやめろ。俺が教えてやる。今日は俺んとこへ泊れよ」

「え、えー」

僕はニヤニヤ笑って唇をそっとこする。べつだん、浩司さんに唇を奪われるのはいまにはじまったことじゃないから驚かないけど、このままゆくとだんだんエスカレートして本当にいまに体験させられちゃうんじゃないか、っていう気がする。それも一回くらいは役者としての勉強かなっていう気もするけれども、まだいまはそこまで根性入ってないなーと思う。

「いいですよー」

「大丈夫だ。痛くなくやってやる。最初だけだ、最初だけ」

「またまた。浩司さんてどこまで冗談だかわかんないんだから。本当にコーヒー飲むの？」

「ちょっとだけ酔いをさましたいんだ。つきあえよ。——明日は遅出だろう」

「そりゃまあそうだけど……しょうがねーなー」

本当はやらなくちゃいけないことはいろいろあるのにな、と思う。ファンレターだって読まなくちゃいけない。まだ売出しはじめたばかりの僕はキャリアのある浩司さんみたいにほっといてもファンを維持できるという自信はないから、一応きたファンレターは全部読んで返事をひとことでも書いてあげることにしてるのだ。それにレッスンにトレーニングに、それに事務所に顔だして……

まあいいや。七時くらいに帰っても、二時くらいに起きればなんとかなるだろう。それで七時間——まあ六時間寝てればなんとかもつ。でもそろそろコンサートの衣裳あわせもあるし——

でも、はっきりいって、いま田所浩司の御機嫌を損じるのはイヤだった。浩司さんはRプロのヴェテランで、業界ではけっこうな人脈も持ってるし、顔も広い。ああだこうだ、陰で妙なことを吹き回られたら僕みたいなかけだしは立場がない。

（くそ、ひとの弱味につけこんでいいようにオモチャにしやがって）

そっと唇をかむ――わかってるわよ、というように瑠美がニヤリと片目をとじてみせる。この女はイイ女だ。美人で素晴しいプロポーションなだけじゃない。けたたましいし一見すごくうるさくてバカなキャピキャピ女に見えるけど、中身は決してそうじゃない。回転も早いし頭もいい――でなくちゃ、芸能界なんかで生き残ってこられやしないさ。

(抱きたいな)

瑠美と寝るチャンスは必ずくるだろう。一年前の僕だったら考えもつかなかったくらい、上のところに僕はきてるのだ、という思いが僕の胸のなかを熱くする。冴木瑠美といえばそこそこ名前の知られたTV女優だ――すごい人気の、とはいわないけど、一応けっこう知名度もある。それとかなり有名な田所浩司と三人で、飲み会の翌朝、夜明けの環八を車を飛ばして、用賀のファミレスで夜明けのコーヒーと洒落込んでいる――まして五年前の貧乏なバイトでやっとかつかつ生活している劇団の研究生だった僕だったら想像もつかなかった。TVに身売りしてよかったのだ、と思う。そのためにいろんなものを犠牲にしたと思うけれど、それだけの価値はあったのだ。

いまの僕ならどんなことでもできそうな気が――望めばなんだってかなうような気さえする。現に五年前には想像もできなかったこと、一年前にだってやっぱり想像してもただの夢物語にすぎなかったようなことを僕は実現してきたのだ。必ずできる――何だってできると思う。

(やってやるさ)

そのためにはどんなことだってする、と思う。本当をいえばべつだん、男と寝るのだって抵抗なんかない――ただ、田所浩司クラスじゃまだイヤだな、というだけだ。僕はホモのケなんか皆無なんだし、もしどうしても売らなくてはいけないものなら最大限高く売ってやる、と思うのだ。

「御注文は……」

オーダーをとりにきたウェイトレスがぱっと目をまん丸くする。この瞬間が、顔を売って生きてる僕たちの一番生きてるといえる瞬間なのかもしれない――誰にもふりむかれなくなったスターなんかもうおしまいだ。

「コーヒー、三つね。それにビール」

「まだ飲む気ですか、浩司さん」

「お前がヤラしてくれないんなら酒でも飲んで寝るっきゃねえからな。優貴」

「やだー」

「かわいこぶりっこして『やだー』なんて声出すな。一応二十四にもなった男が――可愛いじゃねーか」

「ほら、しずかにして、ねっ。他の客が見てるから」

「ばか野郎、どこに他の客がいるんだ。貸切じゃねえか」

「向こうにひと組だけいるからさ。ね」

「ち……」

「あのう」

浩司さんのビールを運んできたウェイトレスがもじもじした。女の子がそうやって意味ありげにまじまじ見ながらもじもじするときの意味はひとつしかない。サインか握手だ。問題は、この三人のなかの誰か、ってこと。

「あのう……違ったらごめんなさい……鮎川優貴さんですよね……俳優の」

ビンゴォ！

僕だった。

ざまーみろ……先輩俳優とやっぱり先輩の女優へのひそかな優越感をおしかくして、僕は虫も殺さぬ笑顔でにっこりする。

「ええ。そうですけど」

「あのぉ、私、ファンなんです。……あとでサインお願いしてもいいですか。プライヴェートの時間に申し訳ないですけど」

「いいですよ。いつでもどうぞ」

「有難う、ございますッ」

声が弾んでいた。

「私、私──『愛と死のエルサレム』ずっと見てました……あのう、すてきでした。……来週の、あのう、青年館ファーストもいくんです。もうちゃんとキップも買ってあるんですよ」

「へえ……」

それじゃあ、本当にただのとおりいっぺんの『ファンです』じゃなくて、ほんとのファンなんだ。いや、コンサートまでくるんならもう追っかけのほうかもしれない。

「どうも有難う」

僕は力一杯可愛らしい――よく皆さんにチャームポイントだといわれる笑顔をお目にかける。女の子がぱっと真っ赤になるのが何回みていても面白いし、いい気持だ。なんで僕なんかがいいんだろう、という内心の奇妙な気分をおしかくして僕は笑いかける。

「頑張っていいステージにするから見てね。友達とくるの」

「ええ。あの私ファンクラブにも入ってて……友達と一緒に」

「へえ」

「その友達もすごい熱心なファンなんですよ。その子のほうが熱意はすごいかもしれないけど――なにしろ、ユウキ――あ、ごめんなさい。鮎川さんの追っかけやるために親の猛反対おしきって下宿しちゃった子ですから。出まちするのに親もとにいると不自由だからって」

「すご……」

瑠美がキャーっと歓声をあげた。かなりの優越感を感じているみたいだった。

「すごいねーユウキちゃん」

「あ、よけいなこといっちゃってお邪魔してすみませんでした。――ただいまコーヒーおもちします」

女の子は真っ赤になって逃げていった。向こうで同僚とこそこそこっちを見ながら興奮して喋っているようすがわかった。鮎川優貴なのよー、とかいってるんだろうな。

「最近ヤケにもてるじゃねえか優貴」

浩司さんがやんわりとからんできた。

「オラ、殿にビールつげビール。このお小姓」

「僕浩司さんのお小姓なの？」

「かーいい声出すんじゃねーよー」

浩司さんはビールについてきたカキピーを獰猛にばりばり食っていた。

「俺のお小姓にするにゃ、ちょっと手の出しにくいとこにいっちまったかな。でもどうせそのうち誰か——A先生だのMさんだのに食われちまうんだ。せめてお初だけでも頂いときてえなー。なあ、いいだろ。一回だけ、やらせろ。優貴」

「えー、マジっすかー」

「マジだ。飲むか」

「いえ、僕はもう」

「ケッ。——便所だ。便所」

急に便意を催したようすで浩司さんが立ってゆく。そのすきをみて、瑠美がそっと顔をよせてきた。

「危ないねー。アレってかなりマジだと思うよ。気をつけなね、ユウキ」

「うーん、参ったなー」

「まあこの収録がおわるまで適当に流しとくのね。バシッとはねつけると現場ですんごい意地悪されるからね。さもなきゃ、もう、男もオッケーって根性くるかだけどね。この業界多いよー」

「知ってる。これまでもデザイナーとかミュージシャンとかかなりいろいろコナかけられたもん」

「あんたってホモ受けするみたいね、ユウキ」

「冗談じゃないよー。オレノーマルだからね。……瑠美さん」

僕はじっと瑠美を見つめた。

「何よぉ」

わかってるわよ、というように瑠美がニヤリと目で笑う。おとなー、って感じだ。

「オレ、瑠美さんがいい」

「ばかねー」

けらけらと瑠美が笑った。僕はかなり傷ついた。

「なんでよ」

「いまにわかるって。よしなさい。そんなの」

「えーっ、わかんないよ。なんで。誰かいるってこと」

「そういう問題じゃなくてね」

「今度、デートしてくれる」

「はいはい、今度ね、坊や」

「ちぇっ、坊や扱いかよ」

「あんたは坊やよ。年はそんなすっごく違うわけじゃないけど、あんたはまだ坊や。それとももういっそコウちゃんにヤラれちゃってみる？　そのほうがあってるかもしれないわョー」

「ひっでー……わ」

いきなりうしろから大きな手が耳からあごへ、そして首をつかまれて僕は大声をあげそうになった。

「浩司さんってばッ」

「瑠美、あっち側へいけ」

「はーいはいはい」

「ある、瑠美さん、待って……」

「お前は俺の隣と決まってるんだ」

浩司さんは瑠美を追っ払って僕のとなりのシートにすべりこんできた。いきなり肩に腕をまわしてひきよせ、強引にシャツの胸に手をつっこんでくる。

「やだー」

僕はさすがに悲鳴をあげた。

「ここ何処だと思ってんですか。ファミレスですよ。ほら店の人がとんできちゃいますよ」

「じゃあ、ここから俺のマンションはすぐだ。ここじゃあ明るすぎてイヤだっていうんなら
これからそっちいってヤろう」

「そーいう問題じゃないってば……」

「浩司さん、すごいセクハラー」

けらけらと瑠美が笑う。僕は、お盆を持ったさっきのウェイトレスが目をまん丸くして立
ちすくんでいるのをみてさすがにちょっと顔をあからめた。

「ほら、ね、浩司さん、みんなびっくりするから。人前だから、ね、ねっ」

「人前でなけりゃヤラせるんだな。よーし」

「そうでなくってー」

「お前はいずれ俺のもんにするからな。優貴」

ふいに、浩司さんの目がぎらりとマジな光をうかべたのでぼくはげっとなった。だからこ
のヤクザ映画むきの二枚目の顔でそういう目つきをされると怖いんだってば。

「覚悟しとけ。逃がさねえぞ」

「やっだー」

一瞬の息をのむ沈黙を破るように、瑠美がけらけら笑い出してくれたので僕はほっとした。

一瞬、なんといっていいか、浩司さんの目があまりにマジだったのでことばを失ってしまっ
た。

「コウちゃんてばマジっぽーい」

「マジだ。俺はマジだぞ。優貴」

「参ったなー」

「さっきからそればっかかねアンタ」

「だってー」

意外とオレってウブなのかもしれないな——にがい思いが僕の胸をかすめた。なにくそ、とその思いをはらいのける。そんなことくらいでつまづいててたまるか。オレはのぼってゆくのだ。もっともっと、のぼってゆくのだ。いまようやく手をかけた成功への階段、それをできうるかぎりたかくたかくのぼりつめるのだ。オレはそうなるために生まれてきたんだ——とずっとずっと思ってきた。そしていまやっと、それは現実になりつつあるのだから。

「その目なんだ」

ふいに、浩司さんがいったので僕はびくっとした。

「え」

「いまの目だ。その目が好きだ。優貴」

「ぼ、僕どんな目してました」

「ひとことでいうと——ジュリアン・ソレルの目よ。ユウキ」

と瑠美。

「なんすかーそれ」

「ばかね。本くらい読みなさいよ……赤と黒よ。スタンダール」

「わかんねー」

「いいけど」

「ずっとその目してろ。だったらお前はスターになれる」

浩司さんがいった。

(当たり前じゃねえか。——アンタはもうそこまでで頭打ちだけどオレはまだ二十四なんだぜ。——これからだ。すべてはこれからなんだ。オレは——いけるったけいってやるんだ)

僕のなかにまきおこった猛烈な激しい思い。

だが、僕はそれをごまかすように笑った。

「えーっ、有難うございますぅ」

「コウちゃん」

瑠美が云った。

「マジになりなさんなよ。このコってヤバそうよ。なんだか」

「いいんだ。そこがいいんじゃねえか」

「よしなさいったら。——どうしてそう、火中の栗を拾うのが好きなのよォ」

「放っとけ。お前のオトコじゃねえだろう」

「当り前じゃないの。ホモ」

僕はなんだか妙な気分でそのやりとりをきいていた。

なんだか、まるで、そのことばをきいていると、瑠美さんと浩司さんて……

だけど、浩司さんが男が好きだっていうことはもう業界じゅうで有名な確定の話なんだし。現にこうやって僕のことをずっと、この収録がはじまってからずっと口説きまくっているし。

まあいいや……

そのうち絶対、冴木瑠美と寝てやる。

もっと昇ってゆけば、もっと——もっと上の女だって、それこそ天下の沢田麗子だって大女優吉村皐月だって誰だって抱けるようになるのだ。

そのためなら、どんなことしたって……

(ああ、眠いー)

いまんとこはしかし、セックスよりとりあえずは寝ごこちのいいベッドのほうが恋しいかもしれなかった。僕はちょっと朦朧としながらコーヒーに手をのばした。時計を見るとようやく六時半になろうとするところだった。

はづき　2

「えーっやだーっそんなのぉぉ！　うっそぉ！　信じらんなーい！　ヤダー、嘘っていってー嘘ってー！」

「ちょっとぉはづき頼むからもうちょっと声低くしてってたらー」

恵美子はちょっとあせったみたいに手ではづきの口をおさえようとする。はづきの声そんなにでかかったかなー。

「みんな見るからぁ。そうでなくてもあたしたち、最近けっこう目立ってるって評判なんだよ知ってる？」

「知らないそんなの」

「あたしと、はづきと、ジュンちゃんと……たまにともみとかも。あのへんよくツルンでんじゃない。もともとのFCじゃないしさあ。あんまり目立つことするとそのうちヤキ入れられちゃうかもしれないから、ここじゃ目立つのはやめて」

「はづき声おっきかった？　じゃゴメン」

はづきは素直にあやまった。恵美子の話の先もききたかったし。こんなスゴイ話めったにはきけないよぉ。

「んじゃ静かにきくから先いって、ゴメンゴメン」

「んー、だからそんだけなんだけどさあ」

恵美子は顔を真っ赤にした。

「あーんなシーン見てしまうとわ」

「えーでも信じられないよー、やだあ。なんかやだあ、ユウキがそんなぁ」

「あたしだってゲロマジでびっくらこいたんだからぁ」

恵美子は鼻のあたまをこすった。TV局の旗をつけた車がこっちにやってくるので、さっと女の子たちは緊張してのぞきこむ。でも乗ってるのはあきらかにTV局員とそれに連れられてこれから打合せってわかるパンピーだった。パンピーたってそうやってハタついた車にのるからには関係者なんだろうけど、それははづきたちには関係ないものね。

緊張がとけてピーちゃんたちはまたもとの場所にもどる。きょうは収録遅れてるみたい。いつもだったらもう、十一時には出てくるんだけどなあ。ずいぶんおっそいみたい。疲れてなけりゃいいんだけどなあ、ユウキ。

「げろげろぉ。田所浩司ってホモちんなんだー」

「ホモホモもいいとこ。だーって、いっくら深夜っていったって『エミーズ』だよぉ。普通エミーズの店内でオトコどうし口説いたりシャツの胸に手つっこんだりするぅ？　信じらんないよー」

「やだー、ユウキどんな顔してた？」

「これだけはいえる。イヤがってた」

「んーと？」

「ほんとほんと。ほんとにイヤがってたよ。手はらいのけたり、困った顔したり、一生懸命しずかにしなさいっていったりとかしてたもん。真っ赤な顔してたよ、あたしがのぞいてたから。ユウキのほうは全然そんな気なかったみたい。田所浩司のほうはさいごまでベタベタ、イチャイチャロ説きまくってたけどさあ」

「やっだぁぁ最低！　ホモおやじ！　やだねーっカミソリ送ってやろうかッ」

「冗談……あそこで見てたのあたしだけなんだよ。カオ割れてるんだしさあ、誰から送ったなんていっぺんにバレバレじゃんか。それはよしてよね、はづきちゃん」

「しないってば。はづきがそんなコトする子に見える？」

「見えないけど、あんたって、イザとなると何しでかすかわかんないんだもん」

「えー、でもでもでもぉ」

はづきはなんとなく立ってられない気分を感じてその場に座込んだ。

「ちょっと。はづき、座るんじゃないったら」

「だってぇ……ショックおっきい。イヤー……ユウキがぁ……そんなぁ、田所浩司になんかヤられちゃったりしたらー……」

「おっきな声でその名前言わないでったらっ」

恵美子は焦ってる。

「ほら、例のピンクハウス軍団がこっちにらんでるじゃないよ。あっちのが数多いんだからさあ」

ピンクハウス軍団てのは別口の、ユウキがまだちっちゃいライブハウスでソロのライブとかやってたときについた系統のFCで、そっちはいっつもピンクハウス系のワンピーを制服みたいにしてるからはづきたちはPH軍団て呼んでいる。はっきりいってけっこうトシくってるおねえさんばっかだから、かなり怖いんだけど、ユウキがライブやってるころに「女の子ってやっぱしピンクハウス着てるような子が一番好きなんだよねー」っていったからそのあとこれが制服になった、って由来をきくと、あーやっぱしファンなんだなあってちょっと身につまされたりする。はづきと恵美子たちだって、ユウキが好きだっていうから、ずっと白だのピンクだのわりかし膨張色なの我慢してそういう色ばっかし着てるもん。

それにしても、ちっちゃなライブハウスでバイトに歌ってるユウキって……見てみたかったなあ。

まだうーんと若いときだったんだって……可愛かっただろうなあ。

いまだって可愛いけど……

あのお姉さんたちって、馴れ馴れしくいかにも昔っから知ってるのよぉ、って顔して話し掛けたり、「ユウ」って呼んだりして感じ悪いんだけど。

「けっこうでも、ゴージャスだったよヴィジュアル」

恵美子がけらけらっと笑った。

「いいモン見せていただきましたーって感じだったもん。ホントあそこでバイトこいててよかったなーって感じでさあ」

「はづきもやろうかなー」

「バカだね。もう二度とくるかどうかわかんないんじゃない」

「そっか」

「あーして見るとやっぱし、ユウキってちっちゃいね。田所浩司にくらべるとやっぱ、女のコって感じ」

「いやーんそんなこといわないでー」

「なんでよ、可愛いじゃん。……美しかったよ。やっぱ二枚目どうしって迫力あるわ」

「やだ」

はづきは断固としていった。

「絶対ヤだ。ユウキがやおっちゃうなんて、絶対、ぜーーったい、ヤだ」

「アンタってば本当にヤオイ系ダメねー。そんなとこ見たら『チェイサー』系なんて泣いて喜ぶのにぃ」

ユウキのファンにはいろんな系統がいる。

「チェイサー」系っていうのは二年前にユウキが急にわーっと人気出た舞台で、サスペンスものだったんだけどホモの男におっかけまくられるって芝居で、それがカッコよかったっていうんでどっとFCがふえたんだそうだけど、はづきは残念だけどビデオしかみてない。すっごい、残念だけどしょうがない。はづきがユウキに転んだのはまだ一年ちょっとしかたってないもの。その前は『ピンクス』の追っかけだった。

「やーよそんなの」

「なんでよ……あたしだってそりゃ基本的にヤオイ系ダメだけどさあ……あ、あれかな」

さーっとピーたちのあいだにまた緊張が走る。

最近どっと売出してようやく全国的にメジャーに名前が売れつつあるっていうところだけに、ユウキのファンたちはみんな熱い。いくつか、昔っからの、事務所公認の、『チェイサー』からの、とかって系列があるから、それぞれに、自分たちこそいっちばん鮎川優貴を応援しています、ってのを知ってほしくてすごいきそいあってる感じがするし、だからなんていうのかなー、熱気がすごいんだ。

でもそんなかであたしたちってどこにも属してないけど、ユウキへの愛なんて絶対負けるつもりないし。

「手紙手紙」

はづきはバッグから手紙をとりだしてしっかりにぎりしめる。

「ようやるよ」

恵美子が呆れたみたいな声をだす。

「もうこれでどんくらいつづいてんの」

「まだ二ヶ月」

「二ヶ月毎日？　尋常じゃない」

「恵美子だって好きなくせにー」

「そりゃそうだけど……こないだは完全フリーズだったけど、でもさあ……二ヶ月毎日はムリだよあたしなんかにゃ。彼氏だっているもん」

「あたしいーんだもん。ユウキがいればいいーんだもん」

「はいはいわかったわかった——あ、やっぱしユウキだー」

今度こそ、はづきたちがずっと待っていた王子様だった。

ユウキはきっと好きなんだろうな、よく着てるのをみかける白いダッフルコートの下は着古したっぽいトレーナーとダンガリーのシャツの衿をみせて、黒いジーンズでナイキのスニーカーで、へええ今日はバンダナしてる。よくにあっててカワイイ。カワイくてカッコよくてまるで映画の一シーンみたいだった。うしろにマネージャーの松井さんと最近付き人についたにきび面の男の子が荷物もってついてくる。

ユウキをひと目見たとたんにはづきはいつもみたいに何がなんだかよくわからなくなる。なんかからだごとそっちに持ってかれるみたいな感じで、ぐいぐいひっぱっていかれちゃうみたいで、いっつも、こんどこそユウキとあったときには何から何までしっかりみとどけておこうって思うんだけど、でもあとで気がつくとやっぱしぼーってしちゃってて何がなんだかよくわからない、みたいな。なんでなのかなー、なんでユウキをみるとはづきの理性ってどっかにとんでっちゃうんだろう。

これまでいろいろファンにもなったしFCにも入ったけど、こんなのってはじめてだなあーって思う。

ユウキはやさしくファンたちにうなづいたり、にっこりしたり、握手の手をさしだされると愛想よく手をにぎってあげたりしながら歩いてくる。かなり疲れてるみたいで、ほっそりした顔が青白くて可愛想だったけど、でもそれがなんだかユウキに似合っててすごくキレイだった。ああ、はづき立っていられなくなりそう。

「何しゃがみこんでんのよぉ」

「だめ……壊れる」

「バカ」

恵美子がぐいっと腕をもってひっぱりあげてくれる。

ユウキがだんだんこっちにくる。青白いほっそりした顔、きれいな大きな目、いつも見るたんびにほんっとに長いなーって思う女のコみたいなまつげ、やせたほほ、なんだかユウキって女の子っぽい。

だから、田所浩司が追っかけちゃったってしょうがないのかもしれないけど、でもそんなのやだなー。

なんか、『チェイサー』系っていうかヤオイ系の人達ってはづきにはよくわかんない。どうして男どうしがいいのかなー、男の子をおっかけるんだから、そりゃ、自分のこと、好きになってほしいって、もしかして好きな人に自分の王子様になってほしいって思ってのことにきまってるんだから、それなのにどうして男どうしなのかなー。謎かもしんない。

「お疲れ、さまでしたッ」

心臓がばくばくしてのどからとびだしそうだった。はづきはいつもの、ユウキにあげる用って決めているうすいブルーにピンクの花びらをちらしたレターセットの封筒をおずおずしだす――ユウキは無雑作に受け取ってくれながらにっこりする。

「いつもありがと、はづきちゃん」

ぃやったぁぁぁ！

とうとう名前覚えてくれたんだ。

やだぁっ。まわりのみんなのジェラシーの視線が痛い！

二ヶ月毎日、出まちしたかいがあった！　二ヶ月毎日毎日、出まちのときに、ときには入りんときと二回、ずーっとお手紙かきつづけたかいがあった！　とうとうユウキがはづきの名前を覚えてくれた！　「はづきちゃん」てよんでくれた。「はづきちゃん」て！

あぁぁぁテレコもってきていまの声録音しとけばよかったなあ！

今度からそうしよ。

「あ、は、は……おつかれさまでした……」

しどろもどろの声でこたえるはづきの前を、もうユウキは通り過ぎかけていて、突然足をとめてあれっていう顔をする。

「あれ、君……どっかで……」

「こないだは、サ、サ、サイン有難うございましたッ。オフのときに、申し訳ありませんでしたぁ」

恵美子がやっぱしどろもどろに答えている。あーっずるい。お話してるぅ。

「あ！」

ユウキの目がまんまるになった。

その頬にかすかな血の色がさした。

すごい。

壮絶！

キレイな人がさっと頬に血のぼらせたりすると――目がさっと光ったりすると、なんか、すごい！

ぞくぞくぅーってするぅ！　あぁっはづきどうしよ！

「あの用賀の……あんときの……」

ユウキの目――

きらりってあやしく光って――

それから急にいつものにこやかな顔になるのをうっとりとはづきはみていた。

あぁ、なんてきれいなんだろう、なんて……

「なんかどこかで会ってるかなあって思ってたら、そうか。いつも待っててくれたんだ」

「はいッ！　すみませんっ！」

「奇遇だったネ」

やだっ、あんまり恵美子とお話しないで！

ジェラシー。

「あんときのこと、あんまりヒトに言わないでよね」

ユウキが低くいうのがとなりにいたはづきにだけは耳にはいった。恵美子が笑ってるのか泣いてるのかわからない顔をした。

「も、も、もちろんですッ」

「みんな酔っ払ってただけだからさあ。忘れてね」

もう、きいちゃったよーだ。

田所浩司に犯されそうになってたって……

「大丈夫です。大丈夫ですッ」

「そう……君あそこでバイトしてんだ」

「そうです。またきて下さい。サービス、しますッ」

いーな。

恵美子はいーな。大胆で。

ちゃんとユウキと、あこがれの鮎川優貴と口きけちゃうもんね。

はづきなんか……だめ。いっつも見てるばっかで……声なんかかけられたらまっかになっちゃうし。

おろおろしてヘンなこと口走っちゃうし、なんでこんなんかなーなんて。

はづきも恵美子みたいに大胆になりたい。

「遅れるよ。優貴」

松井さんと付き人の男の子がうしろから押すようにした。

「カズ。タクシー」

「はいっ」

にきびの男の子がかけだしてゆく。でっかいバッグさげて、短い足で……同じ男だってのがなんか可愛想になっちゃうくらい、ユウキとあまりにも違いすぎる。カオも、何もかも。

松井さんだって、普通のオジサンなんだけど、ユウキと並んでると……ユウキと並んで平気なのってやっぱし田所浩司クラスになんないと無理だろうなあ。

かわいそ。

「急いで」

付き人がとめてきたタクシーに押込まれるようにしてユウキがのりこむ。

「川辺先生時間にうるさいんだし、もうさんざ待たせてるんだからさあ」

「……」

わかってるよ、というようにユウキが松井さんをにらんだ。

ちょっとうるさそうな――なんだかとても疲れた顔だった。

きっと、疲れてるんだろうな。

最近、スケジュールなんかやけに過密だもんな。

一年前、はづきがユウキにコロんだころには、まだこーんなに大勢追っかけいなかったし。たまにはちょっとのんびりお話してくれることだってあったみたいだし。そのころははづきもまだ恵美子とも友達じゃなかったし、どこの系統にも入ってなかったから、いっちばん遠くからうっとりと見てるだけだったけど——話し掛けられてるファンの子をいいなーって見てただけだったけど。

でもなんか最近、ユウキがなんかやけに遠い人になっちゃったっていうか雲の上になっちゃって——前より全然スターさんっぽくなったんだけど、それがさびしいっていうか……

そうだ、こんな話、こんどお手紙にかいちゃおかな。

イヤな顔されちゃうかな。

これ以上もっとビッグスターさんになっちゃうと、きっといまよりもっと遠い感じになるんだろうな。

……寂しい。

なんか、ガラガラッとはづきの胸のなかで何かが壊れるみたいな感じがする。

あ、でも。

いいんだ。

だって、覚えてくれたんだもん。

「はづきちゃん」って呼んでくれたんだもん。そのこと、忘れてた。

はづきちゃん、って……

あのキレイな声で。あの目ではづきのこと、じっと見ながら……

一番好きなロングのワンピースにしてきてよかったなあ。

なんてキレイな肌してるんだろう。男のコなのに。

白くてすきとおるみたいで……お人形みたいで、なんだか。

髪の毛が茶色で肌の色が真っ白だからなんだかちょっとフランス人形ぽいなあ。

「お疲れ様でしたぁ！」

軍団は走り去るタクシーのうしろにむかっていっせーのせで声をはりあげる。TV局の門衛のおじさんが、もう毎日のことで馴れてはいるけど、好きだねーあんたらも、てな顔してこっちをみている。

あんなカオして男の子でいるのって、どんな気持なのかなあ……

そうやって男の先輩に迫られたりすんのって、どんなんかなあ……

一生がいっぱいあったら、一回くらいユウキになってみたいなあ。

どんな気分なんだろう…………

軍団はやっと王子様のお見送りがすんでわらわらと散りかけていた。

「どーすんの、はづき。直帰？」

「んーおなかすいたかなー」

「終電までいく？」

「うんそうする」

「おカネないよ」

「はづきもない。マクドだね」

「マクドだな」

「まーいいや……」

恵美子とはづきは四方八方に散りかけている女の子たちの流れをよけて横町に入った。

「んー可愛いっ」

「可愛いよねー」

「やっぱ可愛い」

「間近で見るとドキドキする。ねえどうして松井さんとかとあーんなに違うんだろうって思わない」

「思った思った。それにさああの付き人のカズくん」

「きゃはははー」

「可愛想だよねー」

「可愛想だよねー」

「なんか思うんだけどユウキの付き人って普通よりかぶっちゃいくの子って多くない？」

「普通だよー。ユウキの近くにいるから目立つだけだよー、ぶちゃいくが」

「ひゃーっ」

「かもねえ」

「なんかさあなんかさあ」

「ウン」

「ユウキってフランス人形みた……」

いいかけたはづきのことばが舌の上でとまる。

あれ……

「どした。はづき」

「んーなんでもなぁい」

「何よぉ」

「ちょっとマクドいってから話す」

何時でもこうこうと明るいハンバーガーショップの片隅で、シェイクをかかえて、はづきはちょっと暗くなってた。

「なんだよ、どうしたん」

「んーちょっとさあ、いま悩みかかえてんの」

「悩み？」

「そうなのよぉ。実はねえここんとこ、やったら無言電話が多くなっちゃってさあ」

「無言電話って？　あのイタズラのやつ？」

「うん、ときたまハアハアって……もうっイヤんなっちゃうよー」

「一人暮らしだからなあ」

恵美子は眉をよせた。

「よくいうじゃん。男もののパンツ窓んとこにほしとくと痴漢の被害とかふせげるって」

「はづきさあ」

痴漢、ということばがまたイヤーな記憶をよみがえらせた。

「ここんとこけっこうよく痴漢にあっちゃってて－」

「行きの電車とかで？」

「必ず地下鉄。スカートまくってさわったりしやがんの。最低だよねーゲロゲロ」

「最っ低」

「同じヤツかなあーなんて思ったり……なんかわりと、手口が同じっつうか」

「何よぉ無言電話と地下鉄の痴漢と？」

「ちゃうちゃうちゃう！　まさかぁ！　その痴漢がさ」

「そりゃまあ、ひとつのラインにそうそう何人も痴漢が出没してたんじゃたまらんわな」

「無言電話はさあ、それって全然別じゃん？」

「そりゃまそうだ。番号かえたら？」

「それも考えたんだけどさ。あんだけ何回もかかってくるってことはもう偶然じゃないよねえ」

「そりゃ偶然のわけないよ。かけて女の子の声が出た番号はちゃんとメモってあるんだと思うよ。番号かえたら」

「めんどいしぃ。それにチケット代だなんだでお金ないよ。そんなのお金かかるんでしょ」

「新しい電話にするよりは全然かかんないだろうし、引っ越しよりか全然じゃないの」

「そりゃそうだけど……」

「ひとりぐらしってやっぱしヤバいみたいだねえ。パパママが心配するのもあたってはいるんだわ」

「でも、うちのパパママうるさいから、下宿してないと、終電で帰ったりしたら一生いわれるもん」

「そっかぁ……」

「男がいっぺん出てくれればそれできっと無言電話のやつおどろいてやめるだろうって思うんだけどさ」

「誰かにたのむ？」

「そんなぁ、だって、それってうちの部屋に男いれるってことじゃない。大家さんに怒られちゃうよそっちのほうが」

「そっかぁ」

「それにはづき、その男とかにだって誤解されたくないんだもん。よく男とか誤解すんじゃない。……気がある、とかってさあばっかみたい」

「ああ」

「はづきいま他のっていうか、パンピーの男ってホンットにちぃーっとも興味もてないんだもん」

「そこまでいってっか」

「だってーユウキとだよ。他の男比べたら」

「比べちゃダメなんだって」

「恵美子だってそうでしょうが」

「あたし彼いるもん。……そっちはそっち。何もなきゃ寂しいじゃん。いくらおっかけたってスターさんはスターさんなんだから」

「………」

いくら追っかけたって——

スターさんはスターさん——

そんなこと、わかってるよ。

だから、云ってくれなきゃいいのに。

そういうとこ——

恵美子って。

いいじゃない。

わかってるんだから。

いまだけの夢に溺れたって。

はづき一人がそうやって自分の一生を好きなようにつかったって、ちぃともかまわないじゃない。

悪いことしてるわけじゃないもん。

たまたま好きになったのが王子様だったっていうだけで——それってそんなにおかしなこと?

はづきにはわかんないけど。

一生ユウキを見つめていられればいい、なんていまは思ったりしてるけど。

そのうちはづきだって変るかもしれないけど……

でも、変りたくない。

いまがとってもしあわせだから。

だから、かわってほしくもない。

恵美子にも、ユウキにも、そしてユウキを待ってるみんなにも。

時を止めたいなって思ってしまったら、——いけないのかな。

こうやってずっと——

若くて、何ももってなくて……

ずっとユウキを見つめてて、追っかけてて、それは希望なのか絶望なのかよくわからなくて。

でもただユウキをひと目見られれば幸せで、胸が苦しくて、毎日がすっごく充実してて――

――これまで、普通に男とつきあったりとかしたことがなかったっていったら嘘になるけど、それってなんかすごくウソな感じがしたの。

ユウキを追っかけてるときみたいな充実感とか、何やってるんだろうはづきってこんなとこで頼まれもしないのに三時間も寒いとこで立って、一瞬ほほえみかけてもらうためにずっとユウキを待ってるなんて、みたいな、こと思うんだけど、それがすごい自己陶酔っていわれるのかもしれないけど、なんか充実感があって。

すごい、生きてるんだ、って感じ――ああ、はづきはユウキが好きなんだ、って感じが――あって。

こんなにユウキを好きよ、って、待ってて立ってることがユウキに告げてるみたいな気がして。

好きです。

福永はづきは鮎川優貴が大好きです。

遠い人でも、一生見つめているだけでも。

だから――

変らないで。

お願い。はづきも一生ファンでいるから、ユウキも変らないで。

偉くなっても、スターさんになってもっともっとたくさんの人にとりかこまれてもいい。だから、いまのままでいて。いまのままでいさせて。

いまのあなたが好きなの——いまのあなただけが。

はづきたちの前を疲れた微笑をうかべて優しく通り過ぎてゆく遠いユウキが。

これ以上遠くならないでね。お願い。

はづきは決して変らないから。

ヘンな無言電話だの通勤電車の痴漢みたいなイヤなことなんて、すっかり忘れてしまっている。

からだがかーって熱くなってからだのシンのほうからユウキが好き、っていう気持がこみあげてきて——

それだけでからだじゅうがはちきれそうになる。

ユウキが好き。

ユウキが好き。ユウキが好き。ユウキが好き。ユウキが好き。100回も1000回もいたいの。ユウキが好き。ユウキが……

恵美子にいおうと思ってたもうひとつのヘンなことなんて、すっかりはづきは忘れていた。

ユウキ　2

「くれぐれも丁寧にしてよ。わかってるだろうけど……これはすごいチャンスなんだからね」

　松井がくだくだ云うのをいい加減にきいていた僕はさいごに頭にきた。

「るせーな！　もうわかったよ。わかったからせめて車ん中くらい眠らしてくれよ。きのうもおとといも全然睡眠不足なんだからさあ」

「それは遊ぶからでショ」

　松井は全然めげていない。めげてるようじゃマネ稼業はつとまんないんだろうな。

「気難しいかただってきいてるからね。沢渡先生は……ちゃんと挨拶して、おとなしくして、お人形みたいにいい子に――」

「いっとくけどさ。マッちゃん」

　僕は眉をよせた。

「モーホーはごめんだぜ。もし先生様がオレに手出そうとしたらオレ、アンタが困ろうとどうしようとブン殴って帰るからね。いーね」

「ユウにブン殴られて倒れる男はいません」

「あっ最低。ビール瓶でブン殴るぞそれじゃ」

「大丈夫だって。あの先生は名うての女好きだから。だから困るんじゃないの」

「なんでー」

「なんでって、モーホなら売り払える」

「この野郎、そうまでして有名になりたかないや」

「嘘つきなさい」

「はい」

「はいじゃなくて……ああもう口の減らない」

松井はげっそりしたように額をぬぐった。

「暖房がきいてて暑い」

「これなんだ？……あれ、さっきのか」

僕はポケットに手をつっこんで、指さきにふれたものをひっぱりだした。くしゃくしゃになっていたのをひろげて街のあかりにかざしてみる。

「鮎川優貴さま、福永はづきより」

ああ。

あの子は福永はづきだった。ちょっとかわった名前だと思ったので、下のはづきのほうは覚えたんだけど、上は全然気にしてなかった。

「ファンレターですか。読むんならきのうの分も出すよ」

「いーよ車んなかで読むと気持悪くなるから」

「子供みたいに」

あの一緒にいたほうの子。

浩司さんにイチャコラされてたときのファミレスのウェイトレスだったなんて、参ったなあ、と思う。

変なとこ見られちまったな……なんだって、浩司さんは、あたりはばからずあんなことをするんだろう。

もし本当に本気だったらたぶん人目のないとこに連れてゆこうとすると思う。だから僕はまだ、そこまで浩司さんの言動を本気にしていない。

でも、打ち上げんときとかには気をつけといたほうがいいかも——

あと三回で収録はおしまいだ。きょうはケッカッチンだったからそのまま出てきたし、なんだかんだでやっぱりひとつの仕事がおわれば、なかなか会う機会もなくなる——冴木瑠美をモノにするんならあと三回しかないってことでもある。

でも、なにも無理に瑠美でなくてもいいような気もしてくるけど……次の仕事にはまた次のイイ女がいるんだろうし。

それにしても——なんかひっかかった。

何がヤなんだろうと思う。男に口説かれてるとこをファンに見られたからか。どうせ、喋るなよっていったってファンなんてもう、きゃーきゃーいいながらいまごろは、ユウキが田所浩司に夜明けのファミレスで口説かれてキスされてたわヨーくらいのことはいいまわってるんだろう。

俺がホモに口説かれるような軟弱なヤツだというイメージを持たれるのがイヤなのか、それともまさかと思うけど俺もホモだ、って思われるんじゃないかとイヤなのか——なんかそのへんはよくわからないけどなんとなく苛々する。これは八つあたりだってわかっているけれども、あのファンの子になんだって、あんなとこにいるんだよぉってあたりたくなる。

すごく矛盾した心理だとは思ったけれども、僕は福永はづきの手紙の封を切って、その手紙になぐさめを求めようとした。

「気分悪くなるんじゃないの」

「大丈夫一通くらいなら」

暗い真夜中の街、もう十二時をまわっている。まだうちにかえることもできずに僕はこれからまだお偉方に紹介されて、ちょっと御機嫌をとって気にいってもらうしんどい仕事が残っている。大人しくにっこりほほえんで、虫も殺さぬ顔をして、猫を100匹くらいかぶって。

なんだかもう——ずっとうちに帰ってない気がする。

(毎日本当にお疲れ様です)

もうちょっと見慣れてきたまるっこい字を僕はながめていた。内容はどうってことはない。あなたが大好きです、あなたを見つめています、あなたをいつまでも応援しています――いつもおんなじ子守唄だ。最初はそれに興奮したけれど、いまは――それがなんだかだんだん当たり前に手にできるようになってきたいまは、それは持っているのが当たり前のような気がしていて、もっと強烈な、もっと激しく満足させてくれる、プライドをくすぐる褒め言葉を欲している自分がいる。

(優貴さんの演技はいつも本当に……)

(コンサートを前にさぞかし大変だろうと――)

(私は毎日かわりばえのしない暮らしをくりかえしていますけれど、あんなすてきなコンサートの舞台を作り出すことはとっても素晴しいことだと……)

「ユウ」

「ああ」

「それあの彼女の」

「そうそう。この二ヶ月毎日必ず書いてるコ」

「よく書く事あるよねえ」

松井が感心したような声をあげた。

「オレだって思うさー」

「日記かくようなものなのかなあ、もう」

「愛してます、すてきです、応援してます……そればっかよ」

「ようやるね、まったく。……って俺がいってちゃしょうがないんだけどさ」

「確かにようやるわ」

「さすがに少々心配になってきますな」

「何が」

「いやねー彼女の人生がさあ」

「ばーか、彼女の人生は彼女が好きでやってることだろう。オレの責任じゃねえや」

「ユウの責任だとはいってないけどさ。彼女だって……いまは若いからいいけど、これがさあうんと年くって……」

「それまでなんてこんなことやってやしないから大丈夫だよ」

「わかんないよー。たまにいるからね、M事務所の連中のファンのトップとかで……追っかけをしてたので結局婚期を逸してしまいました、みたいのでもうすごいトシになってもいまだに追っかけしてるヤツ」

「ヤメロー、鬼気迫る」

「沢村健一の追っかけなんてもう五十過ぎたのが……」

「よせっ、リアルすぎる」

「ユウちゃん手出しちゃダメだよ」

「なーにをバカいってんのよ。ファンに手出すわけないでしょう」

それどころか、こっちが田所浩司に手だされかかってんだよ。そっちを何とかしろよな。

「ユウちゃん危ないからなー」

「やろ、濡れ衣だ」

「ファンクラブは怖いからねー」

「ファンになんか手出すほどバカじゃないったら」

「みんなのほうは出してほしくて血眼になってるんだからさ」

「つまんねえこと、いってんじゃないよ」

「心配してるんですよ。……あそこまで熱心にうちこんでる人たちってそうめったにいないから」

「ばーか、M事務所んとこなんか一万人でもいるだろう」

「あそこはね。ウチは小さい事務所ですからね。ユウちゃん一人で手一杯」

「ばかなことなんかしないよ。いま俺はそれどころじゃないんだから」

僕は云った。ホンネだった。そんなところでひっかかってたまるか、と思う、それは僕にだって性欲もあるし好き心もあるけど、でもそれよりもいまの僕にはもっと野心のほうが強い、という気がする。

それこそ、何をしても——ホモに身を売ってもしかたない、もしそれでそれに見合うだけのみかえりが手に入るなら、と思うくらいにだ。

「とにかくきょうはお行儀よくしててね」

そろそろつく、とみて松井がさいごのダメだしに入る。しつこいのがこいつの悪いとこだ。

「わかってるったら」

「その手紙預っとこうか」

「ああ」

あの娘はどんな顔をして毎日の手紙をかくんだろう。

まるっこい字でぽつぽつと便箋を埋めながら、ずっと僕のことを考えてるのか、と思う。

頼まれもしないのに、なんだって、そんなに熱心に熱をあげてくれるのか――なんだか申し訳ないような気さえしてくる。

どうして僕なんかが好きなんだ？　とまたとっつかまえてといただしてみたくなるような感じ――

もしかしたら僕はいまだに、そうやって大勢のファンがTV局の前で待ってる、というようなシチュエーションに馴れてないのかもしれなかった。

もう一年はたつとはいうものの――でもまだまだ駆出しだからしかたがない。

（なんだか、からかわれてるみたいな気がする……）

本当になんだって僕なんかがいいの？　ときいてみたくなるときがある。自信をなくして、うずくまっているようなときだ。そうでないときには、まとめて渡されるファンレターはすごく自信をもたらしてくれる――俺は凄いんだ、俺はちょっとしたものなんだ、って天下でもいまにとれそうなそんな気分にさせてくれる。

だけど、何かのきっかけで鬱がやってくると——

僕はかなり鬱っけの強い人間らしい。

（みんなして、オレのこと、だまして、あとで声をそろえて笑おうと思ってるんじゃないのか……）

みんなが僕のことをきれいだ、きれいだというけれども、僕はそんなこと、ちっとも信じちゃいない。大体男のキレイなのなんていったいどんな値打ちがあるんだろうと思う。それこそモーホーでもないかぎりだ。少女マンガみたい、なんていわれたって——わかんねーよ、って怒鳴りたくなる。

「そういやあ、これもしょっちゅうくるな、最近よく見る字だ」

松井が福永はづきの手紙をバッグにいれようとして、同じサイドポケットに入ってたもう一通の手紙をとりだして僕に渡した。

「これは事務所のほうにくるんだけどさ。あけてないですからね」

「ふーんそれもよくくるんだ」

「最近ほんと多いですよ。本当は全部チェックしてから渡さなくてはいけないんだけど、だんだん読み切れなくなってきた。他のも見てみるんならまとめて持ってくるけどその他のとも一緒に」

「そうだなあ、しあさってだったら移動日だよね。新幹線の中で読むから少しまとめてちょうだい」

いいながら僕は松井に渡された封筒の封を切った。

ひとつの封筒にひとつの愛――それともひとつの執着、だろうか。それが100。それとも1000。

なんだかあんまりぞっとしない話だ――そう思うのはまだ僕がそういう愛に馴れてないからかもしれない。

「浩司さんがいってたよ」

僕はいい加減に読み下しながらいった。どれも同じことば、応援しています、愛しています、すてきです……どうして君たちの愛はそんなに同じなんだい、といいたくなったら、きっといけないんだろうと思う。僕たちみたいな存在は、こういう彼女たちに支えられてはじめて存在しているんだから。それと僕の人生、僕の野心、僕自身――そのちいさなクロスポイント。それがこの一通の手紙。

タクシーがキキィーと耳ざわりな音をたてて急ハンドルで信号を通過していった。

第二章　ストーカー

昌一　2

俺はちょっと頭にきていた。

だってそれは当然だと思う。こんなのってヒドいじゃないかと思う。騙されたようなもんだと思う。俺ははづきちゃんがいつものとおり帰ってきて、そして俺がじっと見守っている窓のむこうでシルエットがうつって、そうしてやさしく俺がはづきちゃんに「お休み」をいって、そしてはづきちゃんのことを考えながら電気を消して寝る——いつもどおりのスイートな一日の終わりをずっと待っていたのだ。だのにはづきちゃんは帰ってこなかった。帰ってこなかったのだ！　年頃の、独身の、一人暮らしの娘が！　「ちょっとこれどういうこと！」って叫んでみたくもなる。とんでもないことだと思う。はづきちゃんはまだ二十三だったはずだ。それが朝帰りなんて、本当にとんでもないと思う！

男と一緒だったなんて思いたくなかった。俺のはづきちゃんはそんな子じゃなかったはずだ。俺ははづきちゃんの真面目で清純で、そしてちょっとどんくさいところがとても好きだったのだ。世の中にはイケイケギャルだの、ヤリマンだの、下品な助平な好色な女どもがたくさんいてしょっちゅう男のジッパーをひきずりおろしたがって好色なギラギラする目で男のジッパーのあたりを見つめているってことは俺だって——世間知らずの俺だって知っている。だけど俺はそんな女は真っ平御免だった。この年まで大切に独身を守ってきたのは理想の女性に会うためだ。そしてはづきちゃんこそ俺の待っていた、俺のための、俺に神様が用意してくれていた赤い糸のレイディだった、ということが俺にはひと目見るなりわかったのだ。

だから、そのはづきちゃんが近頃の当世のあのいやらしいコギャルだのなんとかみたいに、朝帰りするなんて——外で徹夜して始発で帰ってくるなんて！

俺は裏切られた怒りに燃えて、もちろんひと晩じゅう、一睡もしなかった。できるわけがない。もしかして実家に帰ったのかなと——そうじゃあないことはわかっていた。実家に帰るときにははづきちゃんはいつもたくさんの洗濯物を袋につめこんでゆくし、それに実家に戻るときにはジーパンとトレーナーくらいのかっこでいくからだ。だけどきのうははづきちゃんはなんだかすごくおめかしをして、フリルのついたワンピースと長いリボンのついた帽子をかぶって、黄色いロングコートを着てとても清楚で——そうだ、清楚、っていうのはすごくいいことばだ——すごく可愛くみえたのだ。いつになく——俺ははづきちゃんの出てゆくところを見ていてすっかり心がなごんだ。あんまり心がなごんだので、バス停で戻ってくるつもりだったのに、ちょっと乗って渋谷までいってしまったくらいだった。

バスのなかでも俺はずっとはづきちゃんだけを見ていた。はづきちゃんはどこかにお呼ばれにでもいくんだろうか——それとも友達と——デートだとは思わなかった。はづきちゃんはそんな娘じゃないのだ。身持ちのかたい、ちゃんとした、そう、いいとこのお嬢さんなのだ。そういう娘でなくては俺にふさわしくない。いや、俺はたしかに貧しい、建築現場で働いてるお袋の息子だけれども、志と品だけはつねに高いつもりだ。問題はその品と志だと俺はいつも思っている。

はづきちゃんに男がいたら俺ははづきちゃんを好きになったりしなかっただろう。だから俺は衝撃をうけて、はづきちゃんが何日か帰ってこないと心配になって自転車でいってしまった。実家にもときたま、はづきちゃんの実家にまで自転車でいってしまった。実家にもときたま、はづきちゃんの実家にまで

はづきちゃんが何日か帰ってこないと心配になって実家のようすを見にいったりしていたけれども、さすがにまわりをひとまわりして帰ってくるくらいで遠慮していたので、家のまえでじっとしていたりしたのははじめてだった。大きなうちってわけではないけれども、そこそこきれいな普通のうちだ——はづきちゃんの弟らしい男の子が二階の右側の部屋の窓をあけているのが見えた。

俺はその隣の部屋がたぶんはづきちゃんの部屋だろうと思っているので、そこが暗いのを見て、すごく衝撃をうけた。実家に戻ったわけじゃない……だったらやっぱりはづきちゃんはどこかに遊びにいったのだ。俺が実家にいったのは、もう午前三時くらいだったから、あの男の子——普通のずんぐりした男の子だった——はたぶん受験生なんだろう。もう寝ているのかなと思ったりして、のぞきたくてそっとすぐ下までは這い寄ってみたけれども、どう

やらなんとなく俺の霊感でこの家にははづきちゃんがいないことがわかった。というか、俺が電波を出してもはづきちゃんからの応答というか返信がなかったので、ここにははづきちゃんがいないらしい、ということがすぐわかった。

俺がそれでも確かめたくてなんとかして二階までのぼっていってははづきちゃんの部屋をのぞけないかと四苦八苦しているところに馬鹿ないやなお巡りがやってきて俺を呼び止めた——実際にのぼってるとこでなくてよかった。捕まったらはづきちゃんにあえなくなってしまう。馬鹿ないやなお巡りは俺のことを自転車泥棒扱いしてさんざんなんだかんだきいたが、生憎これは俺のだった。さいごに何をしてたかときかれたが、俺は自分の恋人を待ってるんだといってやった。

それにしてもなんて不愉快な経験だっただろう。俺はすっかり怒りながら、しかしいままで待てば——午前四時半になっていた——もう絶対にはづきちゃんは帰っていて、あのちっちゃな幸せの部屋の窓にはあかりがついてる——はづきちゃんは一人暮らしなので、真っ暗にして寝るのはイヤらしく、かわいい花柄のカーテンからすける窓のなかにかならずちっちゃなあかりをつけて寝るのだ。そのあかりをみたら俺はきっとすごくほっとして、そしてはづきちゃんに愛の電波を送ってあげて、そして俺は朝になるまではづきちゃんの家のまえにいるのだ。

そう思って自転車でまた戻ってきて——

ちょっとコンビニによって買物もして、もちろんカレーのレトルトパックも買って、そうしてはづきちゃんの窓の下に通り掛かったとき、俺は、まだ真っ暗けのはづきちゃんの部屋を見上げて心底驚き、そして怒りにふるえたのだった。

はづきちゃん！　いったいどうしちゃったんだい！

いったい何がおこったんだい。はづきちゃんはどこへいっちゃったんだい！

俺はぶるぶる震えながら自分の肩を抱きしめて、道路の誰からも見えない隅にうずくまって朝がくるのを、というかはづきちゃんが戻ってきて謎を解明してくれるのをじっと待っていた。コンビニの袋を持ったまま、路上にすわりこんでいる男、ってのはまたあの馬鹿ないやなお巡りみたいなのがきたらいろいろきかれてしまうだろう。それに、そろそろ、犬をつれて朝の散歩に出てくる人だの、新聞配達だの、街がだんだん動き出している。他の人間は大嫌いだ。だから誰からも見えない路地に身をひそめて、誰かが通り過ぎるたびにびくびくしながら見つからないように祈りながらただひたすらじーとして時のすぎるのを待っているとなんだかひどく惨めな感じがしてくる。

(俺はいったい何をやってるんだろう)

その思いは、たちまち、罪もない俺をこんな目にあわせるはづきちゃんへの怒りに転化してゆく。はづきちゃんさえ、いつものとおりに帰ってくれれば、何もこんな目にはあっていないのに。いつもどおりに俺ははづきちゃんの窓にむかってお休みをいって愛の電波を送ってやって、そうしてたぶん寝る前に一回か二回＊＊＊＊をして、はづきちゃんのことを考えながら幸せな眠りにつけたはずなのだ。一体俺が何をしたというんだろう。こんな目にあうような何をしたというんだろう。なんだってはづきちゃんは俺をこんな目にあわせるんだろう。

俺が何をしたっていうんだろう。俺がいったい、何を。

だんだん世界が白く明るくなってきて、俺を違和感のかたまりか巨大なゴミみたいにさめざめと照し出す。きょうはゴミの日なのか——あちこちから、パジャマにガウンのおばさんだの、もうちゃんと着替えたおばあさんだのが出てきてビニール袋を路上に持ってくる。俺はまるであのゴミ袋になったみたいな気がする。そんなのはごめんだ。

俺はずっと外に出ていたのでしんから冷えて、ガタガタ震えてとっても惨めだった。あつい風呂に入りたい。あついものが飲みたい。あったかなものが食べたい。せめてあったかい家のなかに入りたい。何もかもはづきちゃんのせいだ。はづきちゃんにはお仕置きをしなくてはならない。俺をこんな目にあわせるなんて。

はてしない永遠ほど長い時間のあとで、はづきちゃんはもうこの自分の部屋は見捨ててしまったのかとさえ俺が思いはじめ——いや、どこかで誰か悪いやつにでも襲われてどこかの路上で倒れているか、それともはづきちゃんは交通事故にあってどこかの病院に運ばれたんじゃないかと思い始めたころになって、やっとはづきちゃんが戻ってくるすがたが見えたとき、俺はあんまり力が抜けたのでそのままそこで腰をぬかしてしまうところだった。反射的に時計をみる——六時半。いいとこのお嬢さんの帰ってくるような時間じゃない。とんでもないことだ。俺がはづきちゃんの両親だったら絶対にただじゃおかない。はづきちゃんの親に投書か電話をかけてやりたいくらいだ。

　でも、はづきちゃんは一人じゃなかった。そのことで俺はひどく和んで、急に、お仕置きは勘弁してやってもいいな、という気分になってきた。というのは、はづきちゃんは一緒に、もう一人同年輩の女の子と帰ってきたからだ。そうか、やっぱりはづきちゃんは男と夜を明すような悪い娘じゃないのだ。それはもう最初からわかっていたけれども、やっぱりそれを見ると嬉しくなる。俺の目に狂いはなかった、はづきちゃんはそんな子じゃない、と思って。

　この娘がきっと悪い友達なのだ。この娘が純真で真面目なはづきちゃんをけしかけて夜明かしなんかさせる悪い友達なのだ。あんまり綺麗な娘じゃない。いや、ちっとも綺麗な娘じゃない。なんだか全体にすごく四角い感じがする。おかしな言い方だが、そうとしかいいようがない。とにかく四角いのだ。俺はその娘に「お豆腐」という名前をつけることにした。なんとなく、四角い感じがそういう感じだったからだ。はづきちゃんのほうがよっぽど可愛いと思って俺はひそかな満足を覚えた。仲がいいんだろうか、この二人は？　そういえば一回か二回はづきちゃんと一緒にいるところを見たような気がする。でも職場の同僚じゃないことははっきりしている。どこの友達だっただろう。でもとにかくこの娘がはづきちゃんに朝帰りをさせたことはもうはっきりしている。いけない、悪い娘だ。

　二人は何も気づかずに俺のひそんでいる路地の前を通りぬけていった。そのけっこう興奮しているのか、あたりはばからぬ甲高い話し声が俺の耳に入った。はしたない。

「あーでも最高の夜だったから許すー。ああもうユウキなんて可愛いのかしらーあらためて惚れ直しちゃうっ。あーあの声が耳にちらついて眠れそうもないー」

「きゃーやだ恵美子ってばもう」

「なによぉはづきだってそういってたじゃないのぉさっきのとこで。あー興奮したあ、やっぱりユウキかわいいー」

「ねっ、可愛いよね。なんであんなにキレイなのかなー、あの『お前にあげるー』って歌いながらじーって見られたとき、はづきどうしようかと思っちゃった。腰ぬけたー」

「だからーいってるじゃあないのぉあれはあたしを見たんだってば」

「ちがう、は、づ、きっ」

「あーあーあー」

「ねえねえ、でもあれ田所浩司だったよね……あの一緒にいたの冴木瑠美だよね……」

「間違いないって。やーっぱり田所浩司ってばユウキのこと狙ってるんだー。やーだー」

「イヤだぁどうしよう。週刊誌かなんかに、『田所浩司と鮎川優貴禁断の愛!』なーんて出ちゃったらはづき立ち直れないーっ」

「まさか、そんな、ソコまでは……」

「いやーん、そんなのいやああ」

「でもさあユウキって男にすっごく……」

話し声はそのまま二人がアパートの中に入っていったのできこえなくなった。

俺は、しばらくのあいだ、よく事情がのみこめなくて、じっとしていた。

それから、本当にほっとしたし、からだも冷えて腹が下ってきてしまったので、かたくこわばったからだをやっとそろりそろりとのばしながら自分の部屋に戻る作業にとりかかった。そこにゆく前に、あんまり腹が下ってきたので、間に合わなくて少しパンツの中に下痢糞が出てしまった。俺は惨めだった。

それもこれも、はづきちゃんのせいなのだ。俺は悲嘆にくれながらやっとのことでこわばったからだを動かして部屋にのろのろと上っていった。階段をのろのろ歩いてあがっていると——俺のアパートはボロだからエレベーターはついてない。外側から階段をあがってって横に廊下を通り抜けてゆくといくつもの扉がならんでいる、あの手のアパートなのだ——ランドセルを背負って学校にゆくらしい男の子とすれちがった。確か一つか二つ向こうの部屋の子だ。俺はその子の一家がわりと苦手だった。お母さんはぶさいくなメスゴリラそっくりな顔をしてすごくうるさいいやなおばはんだし、息子はデブですごく生意気なこましゃくれた顔をしたいやーなガキだからだ。俺はびくびくしながらそのガキのかたわらをすりぬけた——ガキは俺のわきを通り過ぎながら鼻をクンとならしたので、俺は洩らしてしまった下痢糞が匂うのかとぎくっと身をこわばらせた。だがガキは何かからかおうとするみたいに俺をじろじろ見たが、何をおもったのかそのまんまいってしまったので俺は本当にほっとした。もし何かからかわれたりしたら俺は狂乱と恐怖のあまりそのがきを階段からつきおとしてしまうところだった。

これもみんなはづきちゃんが朝帰りなどするからいけないのだ。ああ、あったかい風呂に入りたい。部屋に戻ったらすぐに風呂をいれてそこにつかってからだをあたためてほっとしよう。どんなにほっとするだろう。

だけれども気になることがある。はづきちゃんと「お豆腐」の話していたことばが妙に俺の心にひっかかっていた。

（あー興奮したあ、やっぱりユウキかわいいー）

（ねっ、可愛いよね。なんであんなにキレイなのかなー）

もちろんそれは俺の話じゃないだろう。そのことだけはハッキリしている。だけどそれだったらいったい誰のことなんだろう。ユウキという人間のことについて二人の娘は一生懸命話していたみたいだった。

（ユウキ）

俺は高級な人間だからテレビなんか見ない。だから最近のタレントのことなんかわからないが、あの話しぶりからするとたぶん低俗なタレントかなんかのことに思えるけれども、はづきちゃんはタレントなんかに興味があったんだろうか。

そんな娘だとは思わなかったんだけれども。

ちょっともしそうだとすると幻滅だなと思う。俺はタレントなんかに興味をもつ低俗な女の子は好きじゃない。ああいう連中というのは現実にそこに存在している俺みたいな人間をひどくばかにする。そうして手のとどきもしない別世界のそういうタレントたちのほうがまるですぐそばにいる俺なんかよりも大切みたいな行動をとったり、ちょっとした顔のきれいさだの足の長さなんかでひとを差別したりするのだ。

なんだというのだ、男にとって、ちょっとした顔のきれいさとかそんなもの。男にとって顔なんてたいした問題じゃない。顔なんか全然問題じゃない。男がきれいな顔をしてたらなんだというのだ。男にとって大事なのは、セックスの強さとちんぽこの大きさとかたさとそして持続力だ、それ以外の何だというのだ。はっきりいって俺はそれにだけは本当に自信がある。なにしろ一日のうちに何回も抜いたりするくらいだから本当に性欲は強いほうだと思う。あんな女みたいな顔をした小僧なんか、ちゃんとたつかどうかだってあやしいものだ。そういうのにたぶらかされるのだって、結局ははづきちゃんが清純な処女だから、男を見る目というのがなくて、本当にどういう男が女に大きな快感をあたえてやれるのかについての知識がないからいけないのだ。

俺がはづきちゃんとセックスしたら俺は最初の何日間かはもうはづきちゃんの＊＊＊から全然出ないくらいずっと狂ったようにしつづけているだろうと思う。それこそはづきちゃんのアソコがすりむけてしまうくらいにだ。これだけ長いあいだはづきちゃんのアソコのこと、はづきちゃんとセックスすることばかり考えてきたのだ。最初はイヤがるかもしれない。しかしそのうちにはづきちゃんはすっかり俺とセックスするのが好きになって、俺のセックスが好きになって、俺のセックスなしではすまされないからだになって、俺としかしたがらないようになって、俺でさえ満足するくらい毎日毎日やりたがる好色な女の子になるのだ。はづきちゃんはたぶん本当はとてもセックスの好きなタイプだ。それは俺はもう見ていればよくわかる。ああいうぽってりした足首をした、足の太いずん胴型のお尻の大きい、そして唇の上にうぶ毛のはえている、浅黒い肌のきめがちょっと荒いみたいな女の子は絶対にセックスが好きだ。スキでスキで、というタイプだ。だからもしはづきちゃんとセックスしたらはづきちゃんは二度と俺から離れないというにきまっている。

そのためにも早くはづきちゃんとセックスできるようになりたい。

(もっと、毎日ちゃんとはづきちゃんを見ていよう)

きっとまだ、何回も電波を送ったり愛の電話をかけてあげたりしなくちゃいけない)

きっとまだ、それが足りないから、はづきちゃんは俺の存在に――いつもかたわらでじっとはづきちゃんを見守っている優しい俺のいることになかなか気がつかないのだ。俺はやっと風呂が入ったので汚れたパンツを、洗うのも業腹だったのでまるめてゴミ袋につっこみ、そして尻を洗ってから狭いユニットバスに身をしずめながらはづきちゃんと最初にセックスするときのことを空想して、また思わず自分のペニスに手をのばしていた。からだがほっとあたたかい湯にゆるんでくると同時にやっと人心地ついて欲望がつきあげてくるみたいだった。お湯のなかでこするのはなかなか気持がいい。

(はづきちゃん……早く恋人どうしになろうね)

そしてデートしたり部屋をたずねあってセックスをしたり食事したあとすてきなホテルでセックスしたりお金がないときはスリルを楽しみながら外でアオカンしたりするのだ。

俺とはづきちゃんだったらきっとすごくすてきなセックスができるにちがいない。おたがい好き物どうしだからだ。

（鮎川優貴って誰なんだ？）

きいたことのある名前だと俺は思った。

（田所浩司と鮎川優貴の禁断の愛！）

妙に気になるひびき。

それを口にしたときのはづきちゃんの声のようすのせいかもしれないが。

鮎川優貴。

どこかできいた名前だ。やっぱりタレントなんだろう。べつだん問題になるようなことじゃないんだろうが、気になるから一応調べておこうと思う。はづきちゃんに関することならどんなささいなことでも知っておきたいのが俺のコンセプトだからだ。俺ははづきちゃんとの愛のセックスのことを考えているうちにやめられなくなって、とうとう風呂のお湯のなかで出してしまったので、白いものがお湯の中に浮いてしまい、さいごにシャワーをあびなくてはならなかった。

これもはづきちゃんのせいなのだ。

はづき　3

「あーねむっっっ」

「だからいま布団しくからちょっとまっててってのに」

「いーよそれより紅茶のましてー」

「もう場所知ってるよね。勝手にいれてていーよ。あたし布団しく」

「ああーんまさかユウキってばいまごろコウジとぉー」

「んもうっ恵美子ったらまーだいってるしぃ」

「だーって気になるんだもーん。ねえーっやっぱただごとじゃないよねーああやってコンサートまでくるなんてさあ。それにさいごにあっちいったのあれ楽屋にいったんだよね」

「だよね」

「でもさ出まちしてても出てこなかったじゃん」

「だね」

「どっかでおちあったのかな」

「あたしたち楽屋口にいたから、田所浩司は正面から帰ったんだよきっと。だってユウキが出てくるときだって、みかけなかったじゃない」

「落ち着いてるけどさあ、はづき、あんときの夜明けのファミレスって見てないからだよ……あれはホントーにただごとじゃなかったんだよぉ、ふつーしないよふつーああいうの、男どうしでッ」

「だからーユウキみたいなキレイな男の子って普通いないからー」

「だよねだよねッキレイだよねっ」

「それぱっか」

「ユウキとコウジってお似合いってやお似合いなんだけどぉ――」

「やだったらー、はづき絶対イヤっ。ユウキが男にヤられちゃうなんてーイヤーっキャーッ」

「きゃーっやだーっヤられちゃうだってぇぇぇ！」

「恵美子恵美子っ声おっきいよっ頼むよっ」

「大丈夫だってばもう朝じゃんなにげに」

「だけどぉだからぁ……ヤられちゃうとかーいわれるとー、となりの部屋にー」

「あそっか、わりいクククク」

「やっだもう恵美子ったらくくくく」

「でもぉもしぃ」

「なによぉ」

「ユウキがコウジにヤられるんだったらちょっと……見てみたいよぉー」

「まーた……アンタってきのう一晩中それぱっかいってたよね」

「だってだって見たくなぁい？　すっごい、うつくしーヴィジュアルだと思わん？」

「思わないわよーはづきはぁイヤーっそんなの」

「アンタってやおい系ヴィジュアル系全部ダメの子だからなあ。やっぱしユウキのファンとしちゃ珍しいかも」

「そんなことないよォ、そっち系のほうが全然特殊だと思うよ。ほらお砂糖はここぉ。ミルクいらないんだよね」

「うん、そう。ありがと」

「なーんかぁ……お腹へっちゃったあ」

「まーた？　もうよくへるわねえ……あたしまだ平気」

「ここしばらくさあ、ユウキに少しでもしまったとこみせようと思ってろくに食べてなかったんだもの」

「きゃ純情かも」

「へへへへ、まーね」

「ダイエットしてたんだーユウキのコンサートのために」

「ウン、でもこれでまたちょっと食べちゃいそ」

「きょう結局半休？　それとも全休？」

「うーん、もともとは半休とってたんだけどねえ、この時間からだから、十時んなったら電話して全休にしちゃう。いーの、もう特別なんだから……カントリーマァム食べる？　あ、おせんべもあるよ」

「きゃー貰う貰う」

「なによぉお腹へっていないようなことといって」

「いってないもんね。あたしもお腹減った」

「なんか作る？　すぐ作れるよ。ラーメンもあるし、あ、ごはんたいたらすぐレトルトあるからカレーでもなんでもできる」

「えーっこんな時間に食べられないってそんなもん」

「コンビニでパン買ってきたらトーストかサンドイッチできるね。カップスープもあるしい」

「いい、いい、いーよカントリーマァムで」

「でもおなかすかない？　なんでもいってよ、すぐ作るからさ。はづきってわりかしマメなんだ」

「知ってるわよ、しょっちゅうお弁当持ってきてんじゃない。いまどき珍しいよね一人暮らしでもちゃんと自炊してるコなんて」

「お金ないもん」

「全部ユウキに使っちゃうからってか」

「まーねえ。ねえ、ほんとになんか作るよ。なんでもいってよ。ソウメンもあるしスパゲティも……あ、トマトソースの缶詰あるから、すぐ作れる。作る？」

「いい、いい。そこまでへってないしこんな時間に食べるとさあ」

「恵美子遠慮してないよね？」

「してないしてない。っていうか、あの店に勤めるようになってから、夜中にごはんたべるくせついちゃって、太ってたいへんなのよー。ちょっと気をつけてんだ」

「サラダとスープとかなら平気じゃん」

「いーよ、ほんとに。それよりちょっと話してから寝ようよ」

「そう？　パジャマここにおいたからね」

「あ、さんきゅ。それにしてもあたしたちってさあ、一晩じゅうずーっとユウキの話ばっかしてて……よく続くよね、全然飽きないね」

「飽きないね」

「もうさーバイトとかいかないで、朝から晩までずーっとユウキのことばっか考えたり話したりしてたいなあ」

「だよねー……じゃさもういっそ事務局手伝っちゃえばいいじゃん。こないだ飯野さんにいわれてたでしょ、ひまあったら手伝う気ないかって」

「あーまあねえ。そのうちやるかもしんない……けどいまはわりととにかくバイトに燃えてっからねーあの夜明け以来。またいつ姿あらわすかなんて思うとそれだけでもう、もし万一あたしのいないときにきてたらなんて思ったらさ。なんかもういてもたってもいられなくて用もないときでも、非番のときでも店にいっちゃったりとかしてさあ。純情っ」

「純情だよねえ」

「はづきはどうなのよぉ」

「何が？　事務局？――んーはづきはやる気ないよ」

「ふーん」

「はづきはねえ、なんかあんまり一定以上にユウキに近づきたくない感じがするんだぁ。ここからこやって見てて名前とか覚えてもらえて、いまがいちばんしあわせかなーみたいな。なんかあんまり近づいて……見たくないもの見ちゃったりとかさ、そういうのヤじゃない。本当はユウキだって人間でなまみの男なんだなーなんてわかっちゃうようなコトって、ヤじゃない」

「でもまあ生身の男は男だよねえ」

「それは、わかってるわよ。わかってるから、だからココからがいいんだ。あんまり近づくと……見たくないもの見ちゃいそうじゃない。ソレがやなんだ」

「そうかねえ。裸とか？」

「裸なら……見たい。きゃー」

「きゃー」

「きゃー」

「きっと色白いのよォ、すっごく」

「白いよォ、だって前のほらあの芸能サンデーのグラビアってあったじゃない」

「わかってるって。あのベストだけのヤツ」

「あれでみるとすっごく白いし胸毛もないし……」

「つるつるだよね」

「うん、つるつる」

「あれポスターにすりゃいいのにねー」

「イヤだー」

「あれ、なんで」

「刺激強すぎるぅ。はづき気絶しちゃう」

「なーにが」

「ホントだよォ。ああーなんでこんなに可愛いんだろうッ」

「あらっちょっとはづき何見てんのよ。——あ、こないだのだ」

「うん、こないだんときの」

「やだーちょっと見せてーッ」

「これ可愛い」

「あ、これも可愛い」

「この目なんだよね」

「だよね」

「こんな目で見られたら何いわれたっていうなりになっちゃうよね」

「いやーだはづき言い方イヤラシー」

「そんなんじゃないってばー。だからそうじゃなくて……ああもうヤダーッ」

「なーに赤くなってんのよ……パジャマに着替えるね」

「ウン……幸せ」

「アンタも早く着替えなさいよぉ」

「いま着替えるけどぉ」

「ねえ、はづき」

「うん」

「なんかさっきの男変くなかった？」

「あー……」

「どしたの」

「あのコンビニのわきの路地んとこにしゃがんでた人でしょう」

「心あたりあるんだ？」

「心あたりってんじゃなくて……あの人、わりと変なの」

「よく見る人なの？」

「そうね、すごい近所みたいだから……ときどきよくふらーって歩いてる。働いてないのかな、ひるでも夜でも……そこのローソンでよく会うんだけど」

「なんか、あんまり……ちょっと気持悪い人だね」

「なんかねー。最初ははづきもちょっともしかしてどっか病気のヒトかなーとかって思ったんだけど、べつにそのへん歩いてるだけだから……そう思ったら失礼かなって……」

「前よく変な電話かかってくるっていってたじゃない。その男じゃないのぉ」

「それはわからない。それは、可愛想だよぉ、証拠もないうちに断定してきめつけちゃったら、なんぼなんでも気の毒だよ、あの人に。あの人がうちの番号とか知ってるかどうかなんてぜんぜんわかんないもん」

「そりゃー、自分が無言のイタズラ電話やエロ電話の犯人ですーなんて名乗り出るやつはいないよー」

「わかんないけど、あの人わりとしょっちゅう外にいるから会うだけかもしれない」

「でもこんな時間にあんなとこにしゃがんでるのって変じゃない？」

「気分でも悪くなったんじゃないの。コンビニの袋持ってたから、きっとコンビニの帰りに気分悪くなってあそこでしゃがんでたのかも」

「まあ、それはそうかもしれないけど、なんか感じチカンっぽかったよね」

「やっだー恵美子ってば」

「だって……」

「チカンっぽいのってどんなのよー、いったい」

「いやなんか……なんとなくさあ、こうねっちょーりとした感じというか……粘液質っていうのかねえ、ねばつくようなっていうかニオイそうなっていうか……」

「恵美子すごいこという」

「ときたまくるもん店に。カウンターで毎日一人でごはん食べにきて必ずメニュー決まってるやつとかいるんだよね。そういうやつって、やだなーと思ってると、やっぱし友達に声かけて非番いつとかってきいたりしてヤらしいんだよ。あたしはきかれたことなくてよかったけど」

「へーそんな人がいるんだぁ」

「いるいるファミレスなんかやってると変な客いっぱいいる。ココユビないヒトもけっこうばんばんくるし」

「いいじゃんでも鮎川優貴もくるし」

「田所浩司もくるし、ククククク」

「恵美子ってねー、それ望んでんじゃないのーやっだなあ」

「なーにユウキがコウジにやられちゃえーって？　かもねー」

「やだったらぁ」

「見たい見たい、ホントに見たくないのぉ？」

「ちょっとだけなら……イヤーンでもユウキ可愛想ー痛いんでしょ？」

「ひゃーはづきのシモネタだー。ひゃー驚いた。ひゃーびっくりした。ひゃー死ぬ」

「ちょっとやめてよッ。シモネタってわけじゃないじゃあないよぉ。ひっどぉい」

「他の人がいえばなんてことないけど、はづきがいうとさあ……」

「だってユウキが辛いのとか痛いのとか可愛想なの、絶対イヤなんだものぉ」

「はいはい、ほんとーにあんたって忠実なファンよね」

「そうデスッ」

「それにしてもさあ……」

「なに吹いてんの恵美子」

「悪いけどさあ……可愛想になっちゃうよね」

「な、何が」

「あの男。さっきのコンビニの路地のチカンぽい男」

「な、なんでぇ」

「なんでってさあ……なんかこう、ぶよーんとしてどろーんとしてて……なんか目つきがヤだったんだよね。なんか白目が目立ってすっごい三白眼だったじゃない」

「そんなのよく見てないよぉ、気持のわるいもんなんてみたくないもん」

「はづきのほうがよっぽどキツいじゃん」

「そうかなあ」

「そうだよ。へーきな顔してすごいこという。……とにかくさあ」

「……」

「悪いんだけどさあ。なんかわかんないけど反射的に思っちゃったんだよね」

「何をー」

「うーんだから、同じ男でなんでこんなに違うんかなーとかって」

「やだー鬼畜」

「鬼畜ってね……しょうがないじゃんー。思ったんだから……だってねえ」

「うん」

「同じ男なわけじゃない、ユウキとさ、あの路地の男とかって」

「そりゃそうだ」

「でかたっぽはさああんなにキレイでさあ、女のコよりかキレイでさあ」

「ねーキレイだよね」

「そんなでなくてぇ……だから、もしかしてユウキがだよ、こないだのうちの店の話じゃないけど、ああやってあんなとこにあんな時間にかがみこんでたりしたら、きっと」

「……」

「どんな女のコでも、あのうどこか具合悪いんですかぁって声かけちゃうと思うん」

「……」

「それでもしかして万一それがチカンだったりとかしてもさあ、あんなキレイな人になら襲われてみたいとか嬉しいとかって思ったり」

「やだー何考えてんのよーもう」

「だからさ。思ったワケ」

「………」

「だからああいうキレイな人ってさあ、襲《おそ》う必要とかもなくなるわけじゃん、襲わなくてもいくらでもよりついてきちゃうわけだから。逆にうっとうしいーとかって思ったりもするだろうしさ」

「えー」

「でもそれが、あの気持悪い男だったりするとヤダヤダぜーったいヤダって思っていそいでよけたりとかしちゃうわけだし、あれが本当に痴漢でおそってきたりしたらさあ、もう死にたいわけじゃん」

「………」

「同じオトコじゃない？　考えてみると。きっとあーいうの、さぞかし恵まれてないんでしょうねーって思うわけよ。あんななんかかっこうもばばっちかったしさ。最初あたしあれってレゲエのヒトかと思ってしまったわけ」

「………」

「そのわりにけっこうマトモっぽいカッコだけど最近レゲエのヒトになったんだろうか、とか思ってちょっと一瞬見ちゃったんだけどねえ、そうしたらすごいなんかこう白い目でじろじろって見られてあわてて目そらしたんだけど、なんか怖かった」

「………」

「まあレゲエのヒトではなかったみたいだけどさ、なんかあんな時間にあんなとこにしゃがんでるのって普通じゃないよね。その普通じゃない感じってのがさ」

「……」

「なんだって、何考えてそこにいるんだろうとか、いつからいるんだろうとか何してんだろうとかついつい考えてしまったのよね」

「……」

「あそこにユウキがいたらあたしら絶対声かけてるよ何があっても……当然かー」

「……」

「だから、なんで同じオトコなのにあーんなに違うんだろうなーって」

「……」

「はづき？」

「……」

「はづき、どうしたのよ」

「……」

「どうしたんだってば」

「ど……うもしないよ」

「うそ、黙っちゃって。何よ、どうかしたの？　やだ、あんた、何泣きそうな顔してんのよー」

「なん……でも――ない……」

「なんでもなくないよォ。いってごらんよ」

「なんでもないったらッ」

「なんでもなくないよ。どうしたの、あたしなんかいけないことといった？」

「ううーん……そうじゃ……ないんだけどォ……」

「どうしたのよー、えーん、気になるよォ」

「あ、気にしないでよォ。気にされるとはづきが困っちゃうよォ」

「そんなこといわれたって気になるよ……」

「じゃ云う云う。云うから気にしないで」

「何よ……」

「ううん……あのね……」

「ん……」

「やっぱしあたしたちみたいのって……」

「何よ、きこえないよ」

「だから……あたしたちみたいのって……ユウキからすれば……うっとおしいのかなあ……

……？　って……」

「ああん？　何それ？」

「だって恵美子いまいったじゃないのォ。襲ったりしなくたってむこうからさんざんよりついてくるから、うっとうしいーとかって思うだろうってー」

「あー？　そんなこといったっけか」

「はづきけっこうショックだったんだから」

「そんなこといった？　あたし」

「いったよォ」

「うっとおしいって……どういう話でいったんだっけか」

「だから……ユウキみたいな子は襲ったりしなくてもむこうからよりついてくるからうっとおしいだろうって……」

「ああ……」

「ねえ、恵美子——はづきみたいなのって、うっとおしい……んだと思う？」

「ばかー、あんたのこと云ったわけじゃないじゃないのよォ」

「そうなんだけどさあ……」

「何いってんだかなあ。べつだんあたしたち悪いことしてないよ」

「かなあ……」

「ちょっと何泣いてんのよ。まだ酒まわってんじゃないの」

「そうじゃなくて……はづきイヤなんだもん。ユウキの重荷になったりとか、ユウキに迷惑かけるのとかって、本当にはづきイヤなんだもの。毎日手紙書いたり、ずっといくさきざきにつきまとったり、ずーっと待ってたりするのって……もしかしてユウキにとっちゃただ迷惑なだけなのかなあ。うっとおしいのかなあ、そういうのって……可愛い子ならいいかもしれないけど、あたし別に可愛くもないしスタイルも悪いし……」

「ちょっと、やだ、何いってんのよ、あんた、はづき」

「だって……そうじゃない？」

「ただ迷惑なだけなんてことは……ないと思う……だって、あたしたちファンなんだもん。ファンあってのああいうスターさんじゃ……ないの？　そりゃなかにはなんていうのかな、限度こえちゃう人もいるかもしれないしそうしたら迷惑だろうけど、あたしたちべつだんそんなにユウキに迷惑かけるようなことしてないよ」

「そう……かな」

「ちょっとはづき泣かないでってば、マジ？　やだー」

「なんか……悲しくなってきちゃったんだ。もしかしてあたしたちって、ユウキにうっとおしがられてるのかなーって思ったら……なんかすごく」

「そんなことないってばっ。じゃあたしのいいかたが悪かったんだから、あやまるから」

「ううん、恵美子があやまるようなことじゃないの。はづきもしかしてユウキのことちっとも考えてなかったのかな——ユウキ本人の気持みたいなことって全然考えてあげてなかったのかなあって思ってしまってさ……」

「そんなことないよぉ、それをいったらもっと別系列のほうが……はるかにすごいじゃないの、それこそピンクハウス軍団とかさあ、あの手合いのほうが。あたしたちなんかべつだん、決してユウキの迷惑にならないようにしてるつもりだし、あえていうなら他の客とか、ほかの人の邪魔とかも絶対しないようにしてるしすごくおとなしいファンだと思わない？」

「これまでは……だと思ってたんだけど……なんか恵美子のいってるのきいたらきゅうに……きゅうに不安になってきちゃって。といってもユウキにこういうのって迷惑ですか、あたしたちうっとおしいですかってきいても、きっとあの人はやさしいからそんなことないよっていってくれちゃうだろうし……そう思うとなんかすっごく心配になっちゃって……どうしていいかわかんなくなっちゃうの。でもはづきなんてそんなすごいプレゼントするほどお金ないし、できることとってただ、出まちしたり、それから毎日お手紙かいてこんなにユウキのこと好きですって伝えるだけじゃない？」

「それのどこが悪いのよ。みんなしてることじゃないの」

「はづきはなんかそうは思えないの。なんかすっごく、もしかしてはづきってうっとおしいコかなあって思って……昔お母さんにいわれたことあるのよ。私うっとおしいって」

「はづきのママがそういったわけ？」

「うん、あんまりいろんなことときいたり、それからいろんなこと——そういえば、気つかったりとかしすぎるって、しすぎてうるさいから子供らしくないとかっていわれたことある」

「へえ……」

「はづき、お茶いらない？　とかコーヒーいれようか、とかってひっきりなしにいっちゃうタイプなんだ」

「つくすタイプってやつね。いいことじゃないのよぉ。男に好かれるわよ」

「それはわかんないけど……でもきっとときとしてうっとおしいんだよはづきみたいなのって。嫌われるかもしれない……ユウキに嫌われるかもしれないって思うとどうしていいかわかんなくなるのよ……」

「そんなことないって。つくすタイプのこと、嫌うヤツなんていないよぉ。あんた考えすぎ、考えすぎ」

「そうかなあ……」

「可愛想みたいね……いっつもそんなに神経使って気まわしてたら、疲れない？」

「わかんない……ずっとこういう性格だもん」

「ふーん、カニ座だっけ」

「うん、家庭的なんだって」

「まあ家庭的は本当だよね。はづきなんか早く結婚しちゃってたくさん子供作っていいお母さんになるってタイプなんだもんね」

「うん、昔、大きくなったら何になりたいかってよく先生とかやるじゃない。あれってずっとお嫁さん、だった」

「らしいらしい。ていうかそれ以外考えられないかもしれない」

「ってみんなにいわれた。恵美子は？」

「あたし……なんて書いたっけなあ。バスガイドだったかな」

「へえー。それもなんからしいかもしれない」

「かな……」

「あたし、うっとおしくないよね」

「ないない」

「ユウキ、あたしたちのこと……ていうかファンのこと、追っかけの子たちのこと、うるさがったりとか、迷惑がったりとか、してないよね」

「してたらもうちょっといろいろ対処してんじゃないのかな。だって門衛さんとかに追っ払ってもらえば、自分は全然わるものにならずに全然平気であたしたちなんて追っ払えるわけじゃない。TV局でもさ」

「だよね……」

「それにユウキはやっぱりいま売り出し中だから、あたしたちみたいなのがこうやってちゃんと応援してあげてるってこと、知るのは嬉しいと思うよ。前にライブハウスんときいってたじゃないの。僕はきた手紙は必ず全部読んでるからねって」

「それはきのうもいってた。だからそれではづき毎日必ずかこうって決めたんだもの」

「でもそれが続いてんだもんね二ヶ月も、だから偉いよあんたは」

「偉くない、しつこいのー」

「ああー……あふあふあふ。そろそろ寝ようか」

「そだねえ……」

「なんか結局八時近くなっちゃったよ。何時ごろおきる？」

「んー、とりあえず目覚ましかけて十時には会社に電話いれないとなんないから……気にしないで寝ててね」

「大丈夫寝たらさいご雷なっても起きないから」

「起きたら御飯作るからね。洋風がいいか和風がいいかいってね」

「いいってばそんなに気使わなくても」

「気使ってるわけじゃないんだけど」

「とにかく寝よ寝よ。もうホンットに朝だー」

「だねえ」

「小鳥がチュンチュンいってるしぃ。ああ、世間のみんなが会社いって働いてると思うといい気持だなー。あたしは遅出だと夜のバイトだからまあ、珍しくないけどはづきなんか、珍しいでしょう」

「あああー、いまごろ、ユウキって何してるのかなあ。寝てるかなあ。まだ打ち上げしてんのかなあ」

「いくらなんでももう寝たよきっと」

「かなー」

「コンサートよかったね」

「ああ……うん」

「何マクラ抱きしめてウルウルしてんのよ」

「うーん、ホンットにあの白いスーツかわいかったなーと思って」

「話がふりだしに戻ってるわよはづき」

「そっか」

「いいから寝ようよもう本気で」

「だねー」

「でもさあ」

「なあに」

「ときたま、あたしでさえうらやましくなるわよ」

「何がぁ」

「いやだから……ほんっとーに、はづきって、ユウキのこと好きで好きでしょうがないんだな、本当に好きなんだなーって」

「あら、恵美子だってそうでしょ」

「そりゃもうそれは人後におちるつもりないけど……でもとてもはづきほど一途になれない、あたし彼いるしさ。なんかときたま、はづき見てるとうらやましいような……あたしなんか不純だなあみたいな気がしてうしろめたい気がしたりすることあるもんね。そんなに純粋に人、好きになってみたいと思ってうらやましくなったり、ちょっとこわくなったりするよ。はづき」

「そうかなあ……」

「あー、もう、本気で寝ようよ。おやすみ」

「おやすみ。ユウキの夢、みるといーな」

「コンサートの夢みるといいね。おやすみ」

「お・や・す・みっ」

ユウキ　3

「はい、定期便！」

渡された封筒の束をかったるげに手をのばして僕はうけとった。なんかからだが重たくてしかたがない――過労なのかもしれない。けさはなんか朝からずっとからだがだるかったのだ。

ちょっと飲み過ぎなんだよ、と松井さんならいうだろう。青年館のコンサートの打ち上げ以来、なんだかずーっと過労が続いてるような気がする――過労と云うよりストレスかもしれない。

「ユウ、顔色悪いね」

渡してくれた事務所のミエちゃんがのぞきこむようにして云っていった。僕はぐるぐる首をまわしながらもらった手紙の束をやる気なくバラしていた。

なんだって、こんなに毎日毎日かくことがあるんだろう……よくまあ、あかの他人にこんなにまでしてくれるもんだ。すごく感謝はもちろんしてるけど……でもなんだか、感心してしまう。ちょっと正直いって、ひいてしまいもする。どうして、こんなにまで、ひとのことに関心がもてるんだ？　と思って。

僕にはとてもそんなことはできない——どっちかというと僕は好きになった女の子とかにはけっこうしつこくおっかけるタイプじゃないかと自分で思ってるけれども、とてもこんなふうに毎日毎日あいてのことばかり考えて暮らしてるような根性はない。

それにまして、僕の場合は、やっぱり好きになったらHしてやろうとか、好きになってほしいとか、恋人になりたいとかそういう目的があるわけだけれども、この子たちの場合はそういうわけじゃない。なかには、「ユウキに抱かれたい」ってはっきり書いてあるような手紙もあるけれども、たいていは、この子たちの手紙を読むとよくわかるのは、この子たちにとっては僕は王子様なんだな、ヘンないいかただけど「ただの単なる王子様」なんだなってことだ。

王子様は屁をこいたりクソをしたりしちゃいけないし、たぶん勃起も夢精もオナニーもしちゃいけないんだろう。だけど僕はただの健康な一人の男で、だから当然そういうことを全部する。僕が彼女たちの前にいて感じる奇妙な不安、こころもとなさ、なんとなくだましてるみたいなうしろめたさ、それからなんだか奇妙な怒りに似たもの、それはきっと、そういう彼女たちの僕を見るみかたと関係があるんだろう。

（オレはそんな、宝塚だの少女マンガの王子様じゃねえぞ）

（おれのこと、なんだと思って見てんだよ……）

それって、僕に対する憧れだと思っていいんだろうか？

それとも——

なんだか、ときたま、彼女たちのくれる手紙を読んでいると、「ここには俺なんてどこにもいねーよ」と思うこともある。この中に描かれている鮎川優貴っていうのはどこにもいない、本当は存在してないなんかチン＊もついてないし毛もはえてないし便所もいかないし飯も食わない——お耽美な食い方ならいいのかもしれないけど——えたいのしれない少女マンガの主人公みたいなしろもので、それは本当のここにいる僕とは何の関係もない、そういう気がしてきてなんだか叫び出したくなるときがある。

最初のうちは、自分にファンがついたってことに、ファンクラブができたということに、追っかけてくれるということに、いちいち感動していた。すごく有難くて、なんでこんな赤の他人のためにそんなことをしてくれるんだろう——しかも、その子たちが決してそんなに金銭的に裕福なわけでもなけりゃ、時間だってたっぷりあるわけじゃないし、ひるま働いてバイトしてそれで生活だってしてるわけなんだから、そのお金をさいて——僕のためにさいて、公演のチケットを買ったりライブにきてくれたりもうじき出せるはずのCDを買ってくれたりポスター買ってFCの年会費出して——で毎日追っかけにきてくれて——

それに対してなんかすごく、いったい自分は何を返してやったらいいんだろうか、と心配でたまらなくなったり、お前らこんなことしてて大丈夫なのか、とすごく思ったりしていた。お前らの人生大丈夫なのかッ、てのはいまでさえ時たま思うことがある。

（オレなんか追っかけてていいのかよ……お前らだっていつまでも若いわけじゃないんだか

らさ……いいかげん、まずお利口になって自分の彼氏とか、人生ずっと面倒みてくれる相手はばっちりつかまえといて、それでもってその余力でもってオレのこと、ファンしてくれればいーよ……オレ、それで充分だからさ……）

そういうふうに考えるというのは、たぶんもしかして、スターになる素質が欠けてるのかもしれない。そういった人もいた——事務所の先輩の城戸さんは、もうけっこう長いあいだ有名人やってるので、余裕でそういった。

「ユウ、お前、ファンのことなんか考えることないんだよ。奴らだって結局、ヘンないいかただけど、俺らのコト考えてるわけじゃないんだよ。……っていったら心外に思うかもしれないけどさ。やつらにとって、俺たちってただの——ただの人形なんだよ。俺たちがあんまり、俺のファンなのーって喜んじまうと、やつらにとっちゃ、迷惑なんだよ。やつらは勝手にむらがって遊びたいんだよ。でもって、極端にいっちゃうとさあ、ああいう本当の追っかけってさあ。相手は誰でもかまわない、みたいなトコがあんのよ。最初は誰でも追っかけつくと舞上がるんだけどさあ。《自分のことを》追っかけてもらった、って思ってさ。そのうちにだんだん気がついてくるんだよ。こいつら、要するにてめえが盛り上がりたいだけなんじゃねえのォーってさ。けっこうこれって、ショックなんだぜ」

かもしれない。

僕はもしかして、いまちょうどそういう、幻滅の時期にいるのかもしれなかった。

（ファンなんていったって……）

しょせん、俺から何か持ってゆこうとして口をあけてまちかまえてるハイエナなんだ、という思いと――それに、（やつらは勝手に自分が盛り上がりたいだけなんだ）という、城戸さんに云われたようなしらじらとした気持と、それから、さらに、これまでの続きの、（なんだってお前らオレなんかがいいの？　信じらんないよ）といううしろめたいような奇妙なすまなさ。

それが入りまじって、なんとなく、僕に、どういうふうにこの、何時間でも僕のことをテレビ局の出口で待っててくれる女の子たちに接したらいいのかをわからなくさせる。最初はほんとにただ、僕のファンだ、僕を待っててくれる、っていうことだけで有頂天だったのだけれども、だんだん、同じそういう出まち、追っかけ、グルーピーのなかにもけっこういろんなタイプがいるんだってことがわかってきて――

僕が、一番なんとなく抵抗を感じる、というか、タイプとして好きになれないファンというのははっきりしていた。

ファンレターをよこす子たちの中では必ずこういうタイプがいるんだって城戸さんや浩司さんたちもいっていたけれども、なんていうんだろう、わりかし自分に自信のあるタイプ、美人かそうでないかっていうんじゃなくて、自分に自信もってるってタイプがひとつある。これはファンレターをたくさん読んでるうちにすごくよくわかるようになったんだけど、（この子ってなんだか結局、「自分のコト」だけいいたいだけじゃん）って思えてくるような手紙ってのがけっこうあるのだ。

もちろん僕のファンだってことには違いはないのだろうと思うが、それでも、なんていったらいいんだろう、「お前本当にオレのファンなわけ？　オレのことなんか、本当はどうだっていいんじゃないの、おマエ？」みたいな感じがしてくるやつってのがいる。

最初から最後まで自分のことしか書いてないし、まるでなんていうんだろう、僕はただの日記帳になったみたいな気がしてくるみたいな——それに、どうもうまくいえないけど、「私は最愛の優貴に私のことをもっとよく知ってほしいのです」みたいなこと書いてくる、なんていうんだろう、「自分とあなたは対等よ」みたいな感じのするやつ。

もちろん、対等なんだよ。それはわかってる、向こうはお客だし、チケットやCD買ってくれるのは向こうなんだし、だからこっちがスターさんのかけだしで向こうはファンだからって、もちろん人間なんだから対等に決まってるよ。僕のいうのはそういう意味じゃなくて、なんていうんだろう。逆に、向こうは大勢で僕は一人だ、ってことを認めてくれてないっていうか、「ファン」として知合ったはずだよ、ってことを無視していつのまにか、文通してるペンフレンドあいてみたいな書き方になってて、すごく馴れ馴れしくなってきたり、なんかもう「あなたを理解してるのは私だけよ」みたいなこと書き始めてきたりとか——ああいうのってけっこう頭にくるなーと思う。

だからって、ファンしてくれてるわけだから、僕はもちろん、コンサートんときとかライブのときにイヤな顔なんか決してみせることはないし、ちょっといやなことをいわれたりしても、他の人に迷惑をかけるようなことでないかぎり、そんなに怒ったりすることはしないけれども、しかし、「おいお前、それはないだろう、ちょっと待てよ」とか、「おい、芸能人だからって、そこまで云われなくちゃなんないの？　それってあんまりじゃない？」とか、「お前ねえ、たかが5000円のチケット買ってくれたくらいでそこまでいわれたら、5000円いらないからこないでよ、頼むよ」みたいのとかが——けっこう実際には多いんだよね。

ことに僕のファンというのは、どういうんだろう、僕の着てる物とか、僕の外見とか、僕のイメージみたいのをなんかすごく最初に自分で作ってしまってるみたいで、「あの服はもう着るな」とか、「ああいうことをいわれるとイメージこわれるからああいうことばづかいしないで」とか、そういうウルサいことといってくるやつがけっこういるんだよね。あれがけっこうアタマにくるのだった。お前ねえ、勝手にイメージ作っておいて、それが壊れるから乱暴な口きくなとかいうなよ、みたいな。

だと思うと、逆に、「すごく女の子っぽくておとなしいのかと思ってたら、あんな男っぽい口きくのでちょっとビックリして、シビレてファンになりました」みたいな手紙もくるから、僕としては、オレどーしたらいいの、わかんねーよ状態にもなる。

なんか、僕のイメージってけっこうキツいみたいで、ほかの人にきいてみると、ほかの人はまず自分がいて、そこからイメージがあって、っていうみたいだけど、なんか僕の場合って、まず向こうのほうが勝手にイメージを作ってそれに僕をあてはめてる、というタイプのやつが多いみたいなのだ。

(参るよなあ……)

宝塚みたい、だとか女のコみたい、といわれたって、僕は困る。

えーヒゲはえるんだあ、みたいなこと、夜遅くまで仕事してたあとでのぞきこまれて、すんごいがっかりした、みたいな声でいわれるとゲッソリするよ、まったくもう。オレだって男なんだぜ、ヒゲくらい生えるし、生えさせてくれよ、みたいな感じで。でもそうすると、えーやっだー、ユウキってヒゲなんかはえないって感じなんだものぉ、なんていうんだよね。おまけに、松井さんは、イメージかためてもっとメジャーになりたかったら、自分からそういうイメージにハマってゆけよ、それがお前のウレセンなんだから、みたいなこというし。

「ファンの前に出る前にきれいにひげそってゆくか、さもなきゃ永久脱毛でもするんですな」

「えいきゅうだつもぉぉ？　やーなこった。冗談じゃねーよ。おカマじゃねえんだぞ、俺は」

「そういう口のききかた、ユウキにはにあわなーい、きゃー」

「あっ、松井、やめろ。そういうの、絶対やめろ。絶対やなんだからオレ」

「でもファンのかたがたはそういう目でごらんになってるわけっすからねえ。本当いったら、日頃の普段着だってもっとフリルのついたブラウス——いてっ、何もハタくことないじゃんよー」

「アンタはひとごとだからいーよ。オレはどうなるのよオレは……」

「いっときの沢村健一みたいになればいーんだよ」

「ヤだ。タイプが違う。オレは普通人なんだ」

「いったん売出したら最後、普通人なんか存在するもんか」

「じゃあ……」

じゃあ、売出したりしたくねえよ、スターなんか即刻やめてやるよ……

それがその場で叩き返せないのが、たぶん僕の一番中途半端なところなんだ。

だが、しかたがない。僕はずっと、いつかスターになっていい暮らししてやる、有名になって僕のことをばかにしてたやつを見返してやると思ってたし、ようやく自分が有名になりかけてるっていう事実は酒みたいに気持よく僕を酔わせた。いま、それを手放すことなんかとてもできない。僕はいまようやくのぼりはじめたところなのだ。

（もっと、のぼってやる……）

どうしてわからないんだろう。

あの女の子たちには。

僕は、そういう男なのだ。ちっともそんな少女マンガの王子様なんかじゃない。およそ僕くらい、そんなモノと縁のない男はいないんじゃないかと思うくらい――カオがどういうふうに見えるんだか知らないけど、僕は決して女性的な性格でもなければ、フェミニストでもない。むしろ気性はかなり激しいほうだと思う。喧嘩っぱやいし、中学んときだってずいぶんよく喧嘩して呼びだしをくらっていた。自分のことを王子様だなんて思ったことは一回もないし、そんなものになりたかったこともない。

でも王子様なんてものになりたいヤローがこの世にいるのかどうか僕にはわからないけれども、とにかくそれは僕でないことだけはたしかだった。僕だったら海賊とか山賊とかのほうがずっと格好いいと思っただろう。

とにかく僕は生まれてこのかた二十数年間ずっと、自分のことをごく平凡な男の子だと信じて過ごしてきたのだ。また、僕の上におこることだっておおむねそういうことばかりだった。それは、確かに、ヘンなヤローの痴漢におっかけられたりしたことはないわけじゃないけど、しかしホモのやつがいるってのと、少女マンガとかそういうのは全然別の——悲しいくらいに別の話だ。

僕に一番わからないのは、あのテの——だから、少年愛ってのかな？ あーいう目で僕を見てる女の子のファンってやつだった。あれは本当にマジでわからない。だって、君たち、僕のこと王子様だと思ってるわけだろ？ それだって笑っちゃうけど、でもそう思ってるワケだろ？ ならなぜ、その僕と誰か男をくっつけたいなんて思ったりするわけ？ ユウちゃん、信じらんなーい、だぜ、まったく。

（いったい何考えてんだあーいうの……）

男どうしなんて僕はごめんだ。たとえ田所浩司みたいにカッコいい、確かに二枚目の有名なヤツだってごめんこうむる。大体不自然なんだ、そんなの。ホモって僕はずいぶん知ってるし、襲われそうになったこともコナかけられたことも口説かれたことも、それこそ数限りなくっていっていいくらいあるけど、でもそれとおねえさまがたが考えてるような少女マンガの少年愛みたいなのくらい実態がかけはなれてるモノってないと思うよ、悪いけど。

だってさ——ヤツら要するにオトコがスキでしょうがないからホモになるわけで——オトコのオトコたる部分、われわれノーマルなノンケちゃんたちがオトコだからイヤだっていうその部分、そこをこそまさにかれらは好きなわけであって、だからニオイだの毛だのチ＊＊＊だのキ＊＊＊だの——そういうおねえさまたちがイヤがって悲鳴をあげるような部分こそ、かれらの好きなオトコの部分なわけだから。

だからモーホのかたたちのほうは同じオトコだから、理解できないわけじゃない——ただ、オレはヤだぜーと思うだけだ。でも、正直いって、僕はそんなにいまんとこ、女、女、ってがっついてる気分でもない——恋人もいなかったけれども、あわてて作る気にもならない。それより、もちろん瑠美が落ちてくれたら嬉しいけれども、でもあと半年したら瑠美よりもっと上のオンナだって——あと一年したらもっと——っていう内心のひそかな、イヤらしいっちゃこの上もなくイヤらしいなまなましい気持があって、だから、いまここでうかうか絶対に冴木瑠美にひっかかりたいというわけでもない——正直、いまは、僕は「のぼってゆくこと」のほうが、興味があった。

いま一番関心のあること、といわれたらたぶんそうなるんだろうと思う。のぼってゆくこと、のぼりつめること——女も金も力もすべては逆に、そうしてる過程で手に入ってくる付属物にすぎない。そうして、僕はしだいに——のぼりはじめてまだいくらもたってないけれども、ようやく知り始めている――本当に、本当に僕のほしいものを手にいれるためだったら、むしろ、こうやっていては駄目だ、と――こうしてて、ひとにつかわれてる素材にすぎない一俳優なんか、いくら人気者になろうと手に入れられる力なんてたかが知れているっていうこと。

（本当に世の中を動かす側になりたいんだ。本当にビッグになりたい）

やっぱり、あいつは偉いと思う――クリント・イーストウッドとかさ。まあロナルド・レーガン、ていうケースもあるけど――そうならなきゃ嘘だ、という気持が僕のどこかにある。ひとに命じられ、ひとにつかわれ、人に買われ、商品であるあいだは、本当の力なんて決して手に入りやしないのだ。

「んー、ユウキちゃん、なんかのむ？」

「んー、じゃあコーヒーちょうだい」

僕は何をほしいんだろう――僕はさいごには何を手にいれたいんだろう。わからない。ただわからないままで僕はつねに悶々と欲望と野望にたぎりたっている――その欲望とは、誰でもいいから女をヤっちゃいたいなんていうあいまいなものじゃない。そうじゃなくて、いまもしこの場でこの女がオレの手にいれられる最高の女だったらそれを手にいれたい。だけどそうじゃなくてもっと上の女が出てきたらそっちが欲しい――とにかく、ちょっとでも上へ、上へ、とのびてゆくこと、まるでジャックと豆の木の豆のツルみたいにどんどん天にむかってのぼってゆくこと。僕にとっていまいちばん最高にセクシイで一番スリリングなのは結局それ以外にないのかもしれなかった。

（いいじゃないか——俺は、若くて、健康で、力があって、面だってキレイだっていってもらえて、ひとをつかむカリスマ性だってあって、アタマだってまんざらでもなくて——俺はのぼれるはずだ。もっともっと高くのぼれるはずだ）

青年館のファースト・コンサート。

ちょっとすごいダサダサの失敗もいくつかしちまったけど、でもあのことを思い出すと胸があつくなる。

こんなに大勢の人間を、この俺が動かす力があるんだ——という思い。

パワーゲームがいつだって最高のスリルなのだ。

（僕ってファシストかもしれないいな）

僕はだらだらとやっと読み終った手紙を封筒につっこんで、「処理済」の箱に投込んだ。

どの手紙もどの手紙も、大体おんなじだ——というより、必ず何種類かの種類に分類できる。あ、コレはアレ、次のはソレ、というようにきっぱりわけられるのだ。あとはたまに珍しい例外があるけれども。

まずはさっきいったような、「自分のこと」ばかり書いてあるやつ。「身の上話をきいて下さい」タイプってのもあるけど、それと「自分のことばかり」タイプはちょっとちがう。身の上話をえんえんと書いてくるやつっていうのは、それなりにドラマチックなことがあったりして、「こんなみじめな過去のある私ですけれども、鮎川さんのステージを見ていて本当に勇気づけられました。これからも応援しています」とか、「私はもうこのまま不幸なままですけれども、あなただけはしあわせになって下さい、いつまでも見守っています」みたいなやつだ。

それは、正直、ウザったいけど別にどうってことはない。なかには本当にすごい人生送ってる人もいて、そういう人に「あなたがこの世に存在してあの美しい輝くような笑顔を（本当にそう書いてくるんだからしょうがないじゃん）きょうも見せて下さっているというだけで、私は幸せになれるんです。いつまでもこの世界のどこかから応援していますからあの笑顔を失わないで、いつまでも輝いていて」なんて書かれると、どうもすみませんでした……といって深々とお辞儀をする以外どうしようもなくなっちゃう、みたいに感動してしまうときだってあるのだ。だからといって、それにヘタに反応してはいけないんだってことは僕はもう学んでいた。それにうかつに反応すると、今度はそれがまた違う段階にすすんでしまって、誤解を招いてしまったりする——ヘンに美談を作ろうとするとヤバいぞ、というのは、ずっと松井チャンにいわれてたことだった。

「自分のことばかりお手紙」ってのはそれとはまたちょっと種類が違って、前にきた手紙は当然僕が全部読んでいて、でもってそれをまた全部覚えてるのが当然、という、だからファンレターを僕と文通してる、みたいに勘違いするやつだ。「この前のお手紙で書いたみたいに、私はいまハワイにいて」みたいなこと書いてくるやつ。そんなの覚えてねーよ、と叫びたくなるけど、まあこういうのはどんどん読み飛ばしておけばすむことだから熱くなるほどのこともない。

　あとはまあ、自分のことは書かないで僕のことをやたらほめちぎってくれるやつとか——あとちょっと不気味なのがだから、「ヤオイもの」って松井チャンが呼ぶやつで、すぐに「こないだのステージでゲストに登場した朝井トオルさんと、ユウキがならんだすがたがとってもおたんびでぇー」みたいなことを書いてくるやつだ。

「トオルさんの目線がとっても優しくて私はトオルさんがユウキを見つめるたびにドキドキしちゃいました。私って変？」みたいなお手紙には力一杯、「ああ、変だぞ！　医者いけ！」と叫びかえしてやりたくなる。当人たちはちっとも変だと思ってないとこが怖い。

だけど、だんだんなんかそういうのがふえてるような気がするのは、御時世なんだろうか。また、お世話になりっぱなしのMプロモーションの伊藤さんの話によると、「当節だんだん確実にふえてるし、おまけにあの手の人たちはすごくお金つかってくれるんだからねー」だそうだった。一番お金にシブいのは、やっぱ身の上話系の人なんだそうだ。

　あとたまに男からのファンレター——まあ、ホモ系のと、あなたみたいになりたい系にわかれるけど、これはどってことはない。ヤローに好かれても、金出してくれないからな、と松井チャンがいつもいうとおりだった。

（しかし、何考えてるんだろうな……）

　またしても考えながら、次の手紙を封筒から出そうとして、僕は低い声をあげた。

「どしたの、ユウちゃん」

「ちょーっとォォ」

「何よ」

「冗談キツいよ。これカミソリ屋さんだよ。よく見てよ」

「げー」

あわててミエちゃんがとんできた。

「やだーっ」

「ねえ、もうコンサートおわったからいいけど、コンサート前だったら怪我したら大変なんだよ。もっと気つけて見てよ」

「ごめん、ユウキさん。ちょっと待って、松井さん呼んでくる」

「いーよ、呼んでこなくて……いつもんだから、大体もうなかみわかってっから」

世の中に、アタマのおかしなかたがたっていうのは、決してそんなに少なくない、んだってことを、僕はだんだん学びはじめている。

「僕専属のおかしな方」みたいなのが、だんだん登場しはじめてるのだ。僕はそれでもけっこう少ないほうなんだそうだ。同じ事務所の城戸さんなんかは、もともと性格俳優だったからか、そのテの人がすんごいよりついてきてすごくイヤなのだ、といっていた。

(冗談じゃねえぞお前、ハラのデカいブサイクな女に、『あなたの子供です』なんていって、雨の日にカサもささねえで事務所の前から自宅の前からずーっと立って見つめられててみろ。こっちのほうが自殺したくなる)

（へーだ城戸さん本当にマジで心当たりなかったの？　出来心ってヤツと違ったんですかー）

（バーロー、ファンなんかに手だすかっ。第一同じファンでもアレに出すかッ、ゲロブスなんだぞ。でもって幽霊みたいにあおーい顔して……どっかの山ん中から出てきて、事務所の前に立ってんだ、本当に幽霊かと思ったぞ、最初はッ）

（ひゃーおっかねー。で、マジでデキてたんですか子供）

（それがなあ、想像妊娠だったんだと。……参るよなー）

（ひえー本当にあるんだね想像妊娠なんて。芝居とか映画の話だけかと思ってたけど）

（オレさあもう絶対何があろうとワンフだけじゃなくて、商売女も、ウリセンもイケイケも絶対手出さねえよ。シロウトは一番最悪だし——絶対、何されっかわからないからな。オンナは怖いぞぅ）

（ひゃはははは、オレもそんなこといってみてえや）

（馬鹿野郎、本気で俺のいってることがわかったときにはもう遅いってやつだぞ。——痛い目にあわないとわかんねえからなーみんな）

（でもさあ、ワンフは論外としても、ウリセンもイケイケもシロウトもダメってなったら、あと残るのって業界のオンナだけじゃないすか。そんなのヤだなー）

（贅沢いうな。普通のおかたはソレにあこがれてお金払って映画見においでになるんだ）

（そうかねえ。女優ってワガママで最悪じゃゃん）

まだ、城戸さんほどすごい目にあったことはないけれども、それでも、けっこうもう、カミソリレターなんか送ってくるやつはいるようになって——最初は本当にたまげた。話にはきいてたけど、フカシだとばかり思ってたのに、ひゃーマジでこんなんやるヤツいるんだー、ってそっちのほうに感動した。だけど、それを定期的に送ってくるヤツがいるようになるとこんどはとにかくやみくもに腹がたってくる。オレがお前に何悪いことしたんだよ、え、いったい何したんだよ、って目のまえにいたら張り飛ばしてぶん殴って蹴飛ばしてやりたいみたいなすごいぐらぐら煮えたぎる憎悪がふきあげてくる。どういうきっかけでそのカミソリ野郎（もちろん野郎だ）が僕にカミソリレターを送るようになったのかわすれてしまったが、大体一ヶ月に一回くらいのわりで、死ね、だのホモ野郎、だの、そういう悪口雑言を書きまくった手紙と一緒にカミソリを送っておいでになる。なんかすげえとこに踏込んじゃったなあ、と思うのはそういうときだ。コイツだって僕は全然知らないわけだから、町をあるっても、かたわらを通り過ぎてもわからないわけだ。だけどそれをいうと、町をあるっててそうやって通り過ぎる、すれちがうあいてが、僕のことをひょっとして熱烈に愛してるかもしれないし、カミソリをこっそり送りつけて「死ね」って書いてくるやつかもしれない、と思うと——なかなかぞーっとしてくる。

「畜生」

どうもきょうはゲンがわりいな——コンサート調子よかったのにな、そんなことを思いながら次の一通をとりあげる。よけい慎重になりながらなかみを取り出して、見慣れた筆跡なのでややほっとする。これもよく手紙をくれる子だ――うん、確かにそうだ。勝田恵美子。

「こないだは本当にびっくりしました。思いがけないところでお目にかかれて本当に幸せだったです。でもプライヴェートのおじゃまをしてしまったでしょうか、ずうずうしくサインまでいただいてしまって、あとでなんてずうずうしいやつなんだろうと自己嫌悪に――」

ああ、あのファミレスの子だ。

なるほど、そのあと出まちで会ったもんな。

「でも、ユウキ様が田所さんに迫られているのをみてとっても心配になりました。もちろん誰にも決してそんなことはいいませんが、でもユウキ様は大丈夫なのでしょうか。なんだかあのあとずっと心配で心配でたまりません。田所さんのほうがからだも大きいし、力もありそうだし、もし田所さんが本気でユウキ様を襲おうとしたりしたら、ユウキ様には抵抗できるかしら、そう思うと……」

なんだあ？

バカいってらあ。

僕はむっとして手紙を放り出そうかとしかけたが、思い直して先をとばし読みで読みすすんだ。まったく、何考えてるんだよ。こーいう女って。

「あんなファミレスとはいえ人目のあるところでもあんなに迫る田所さんだと思うと……早くいまのお仕事が終わって田所さんと離れられるといいなと……」

それは、まあ、そうかもしんない。

マジでちょっと身の危険を感じないわけでもないし。だからって、キミに心配してもらうこたあないんだ。ボクはオトコのコなんだからな。勝田恵美子さん。

（あんまし、キレイなコじゃなかったな……）

「でも一方で、田所さんとユウキ様ってなんだかとってもよくお似合いだなと思うと複雑な心境で——なんだかずっと見ていたかったような、お二人が一緒にいるところをずっと見ていたいような……」

おいおいおいおい。

カンベンだよ。だから、キミたちのオモチャじゃないんだから。

大体田所さんとオレがお似合いって、何なんだ、それは。

僕はうんざりしながらその手紙を封筒にいれて「処理済」の箱に放り込んだ。

なんだかきょうはあんまり元気の出るようなお手紙がないなーと思う——おや、この筆跡はわかる。もうすっかり覚えた——それにいつも同じこの封筒だし。あの子だ。福永はづきちゃんだ。この子のお手紙はたわいがなくていい。そのかわり何にも、実のあることは書いてないけど。

「コンサートのことをもう書いたでしょうか。私は二時にユウ様が楽屋に入られるのをみとどけてから、整理券をもらいにゆきました。もうたくさんの人が並んでいたので、この人たちがみんなユウちゃまのことを好きなんだと思うと胸がキュンとなってきました……」

小学生の作文みたいだけど、でもヘンな妄想モノのお手紙よりずっといいし、カミソリレターの千倍いい。だけどこの子こそ本当に毎日手紙必ずくれるんだけど、生活はどうなってるんだろうと相当気になる。

「私は友達と一緒だったので、そのあとイタリアントマトで食事して、それからもう終電がなくなってしまったのでカラオケにゆきました。そうして『空の向こうまで』や『エンドレス・ラブ』がはやくカラオケにはいるといいねーと話をしながら……」

たわいもない、日常の報告。でもそれは「自分のことばっかり」レターとは確かにどこか違っていて、この子は僕のことを確かに好きなんだな、と感じさせてくれるから僕は嫌いじゃない。

ただとにかく、これだけ毎日書いてくる、っていうのは……ちょっと狂気かな、みたいな……まあ僕にはできないなと思う……なんていうとひとごとみたいで悪い感じもするんだけど……

「なんだって。またカミソリ野郎がまざってたって、ユウ」

松井がどたばた飛込んできた。なんだ、ミエのやつ、呼んでこなくてもいいっていったのに。

「ごめん、チェックもれだった。手大丈夫だったか」

「大丈夫、もう大体わかったから、重みとか感じとか——それにコイツの字もう覚えた」

「本当はね、ちゃんとあけて中みてよりわけて渡すだけの人手があったらいいんだけどねえ」

「いいよー、これ以上ふえたら読み切れなくなるからどうせ、それまでだよ」

「警察は何もしてくれねえしなァ」

「警察なんかいつも何にもしてくれやしねえよ」

「まったくだ、何のためにいるんだか」

僕は松井にカミソリレターを渡して、松井が子細にそれを検討しているのをみながら次の手紙を手にとった。

おや。男の字っぽいな、と思う。

「アユカワユウキサマ」

おまけに宛名がカタカナだった。住所とかはちゃんと漢字で——なんかすごく下手な漢字で書いてある。

なんだこれ……

僕はしばらく封筒を持ったまま考えこんでいた。

なんだかイヤな感じがした。最近僕はそういう直感が妙に発達しはじめているような気がする。だんだん、そういう経験がたびかさなるにつれて、妙に嗅覚がするどくなってるというか、異常性のニオイに敏感になってるというか——

それはまちがいなく、こうやってだんだん顔が売れたり有名になりつつあることの一番イヤなおまけの部分で——もうひとつは、それはよいこととうらおもてでもあるのだけれども、どっかの店とかにいって、やたらチヤホヤされるか、妙に白い目で見られるか、妙になんとなくからまれたりするか、ということだけれど——

（なんだこれ……）

僕は注意深く——またカミソリレターでもふしぎのない感じがしたからだ——あけた封筒のなかみを、そっとひろげてみて、さっと読みくだして——

そのままなんだかひどく妙な気分になってその手紙をしばらく眺めていた。

ひどく稚拙な文字——まるきり幼稚園か小学校低学年みたい……思い切り力をいれて書き殴ったような、赤エンピツで力まかせに便箋にえぐるように書かれた文字。

「アユ　カワ　ユウ　キ　サマ

アナタ　ハ　カノジョ　カラ　手　ヲ

ヒカナクテハイケマセン

カノジョハ　アナタニハ　フサワシク

アリマセン

ナイフ　ハ　イヤダ」

僕はしばらくその文面をまじまじと眺めていた。

「どうしたの。ユウ」

「………」

声をかけられたのにしばらく気づかずにいたらしい。

「どうしたんだってば。――どうかしたのその手紙」

松井が肩ごしに手をのばしてきた。僕は反射的にびくっとそれを隠そうとしたが、松井はすばやくそれを奪いとった。

「様子が変」

「マッちゃん――これさ……」

僕は松井の目がまん丸くなるのを眺めて、いそいでその封筒をとりあげ、消印を確認した。

世田谷。

世田谷だ。きのう。

「何これ」

松井が気持悪そうにいう。

「なんだ、これ」

「なーにィどうしたのよ見せて」

ミエが松井の手からそれを受け取って読み始めて、そしてキャーっといった。

「やだッ、何これ」

「こっちがききたいよ」

松井がふくれて云っている。

「ユウちゃん誰かになんかした？」

「してねーよッ、馬鹿野郎」

「この彼女って心当りあります？」

「ないったらッ」

松井が見たらすぐそういうだろうと思ったので、僕はひどく不愉快だったのだ。

いま、僕が、誰かから、手をひけ、といわれるくらい接近してる女って――

誰だろう。

やっぱり冴木瑠美だろうか。僕には悲しいことにそのくらいしか考えつかない。

それもずいぶんなさけない話だけど――僕はとにかく、さいごにマジでつきあってた良子と別れてから、もう三年くらいになるし、そのあいだは、ちょこちょこそれは寝るくらいした女の子まで全然いないわけじゃないけれど、つきあってる、といえるような仲になった女は一人もいなかった。

良子との関係にちょっと疲れはててしまって、しばらくそういうのはいいや、と思った、ってのもある。だから、それからしばらくは僕はわりあいイイ子だったし、それにとにかく、たいして恋人になりたいような子もいなかったし――というか、僕は、女と遊びはしたけど恋愛にはどうしてもゆきつけなかった、というのが正しい。

いまだって――冴木瑠美に自分が「ちょっと気があるな」と思う、「いただけたら嬉しいな」とは思うけれども、だからって自分が冴木瑠美に恋してる、なんては全然思わない。そんなのはとんでもない、っていう気がする。あの娘は僕よりも先輩だし、そのことをけっこう鼻にかけてるし、なにかというと先輩風をふかせるし、何よりも僕はどうもそれこそ女優っていうのがピンとこないのだ。女優というのは自己顕示欲の点ではすでに、僕の同性みたいな気がする。同性というか、競争相手であって、だから同業者の女といると結局は本当に気分を許せることはできない、みたいな――

だからといって、やっぱり、シロウトの女性ではもう、僕の事情とか心理とかわかってもらえないことが多すぎて、ちょっとつきあってグッタリしてしまうことも多かったし――ちょっと僕っていまは精神的にはインポなのかしらん、と思うくらい、いまはそういう意味では女性を求めてないと思う。いまがたまたまそういう時期なのかもしれない。だから、けっこうまた女性のほうからはいまが食いごろに見えるんだろう。それにだんだん有名になりかかってるわけだし、ファンの子は全然別にしても、年上のおばさまがたに口説かれたり、遊んでるおねえさまだの、年下の子でもずいぶん積極的なのがいたりするけど、僕はとにかくそういうのって全部ていよく逃げておことわりしていた。全然そういう気分になれなかった――のは、あるいは、好みのタイプがいなかったか、さもなければ、そういうふうにしてまたもう一度、前よりもっとややこしい人間関係の重みみたいなもののなかに入ってゆくことに僕のほうがびびって面倒になってしまっていたのかもしれないのだが。

「しかしそういったってね。この文面はね、どうみたって」

「いっとくけどね。どれだけ疑ったってムダだよ。オレいまそーいうのぜんっぜん、ないから。いまの女関係って、きよらかそのものだから。もうこの一年くらいなーんもしてないから」

　これは、うそだ。二十四の男の子がそれだけですむわけはない。でもある意味では——精神的には本当だった。単なる肉体的な性欲処理以外、そういうふうに女の子とかかわってはいない。それにこの一年というと本当に急に忙しくなってきて、急に売出してきた年で、僕としては馴れないスターさんをやるストレスだの、忙しくなった仕事のスケジュールだので必死であって、もう時間もないし夜はひたすら遅くに仕事おわって帰ってきてぶっ倒れて寝るだけ、みたいな毎日がずーっと続いていて、これじゃ本当にオレの青春なんてなくなっちまったのかもー、みたいな感じだったのだ。

　それは、松井だって知ってるはずだった。

「オレ本当にいま誰ともつきあってないし、第一そんな時間ないよ。知ってるだろう。マッちゃん」

「それは、確かにそうかもしれないケド、しかしまああなただって年頃のいい若いもんだからね。どこをどうかげの生活でなんかオンナにひっかかってないとも——」

「ないったら。それにさ、こんなあやしげな手紙だったら、もし少しくらい隠しておきたい話でも――マッちゃんにはいうよ、そう思わない？」

「思う。ユウってわりと気、小さいからね。じゃ」

松井の目がマジになった。もう一回しみじみと文面を読返す。

「本当に心当たりというか、これいったい誰がどの女のことでいってるか全然心当たりないわけ？」

「ないよッ！」

「でもだとするとこれって、問題だと思わない？」

「思うよッ。だから困ってるんじゃないの」

「彼女から手をひかなくてはいけません――彼女はあなたにふさわしくありません、か……」

「読むなよッ。気色わりいッ」

「だって分析しなきゃ。すごい字だね――それともこれ筆跡かくしかな」

「ねーそこよりさあ、コレなによコレ」

ミエがぎゃーぎゃーいった。あんまり知恵のある子じゃない。

「ナイフハイヤダ、って、なんかヤダーッ」

オレだってヤだよッ！

絶対ヤだ。

「脅迫、ですかね」

松井は考え込んだ。

「なんかそういう感じがするよね。……彼女から手をひかないと、ナイフをつかわなくちゃならなくなるぞ、っていうようなことをほのめかしているんだろうか」

「いったい、彼女って誰のことだよ」

僕は怒鳴った。

「オレ、どんな女からだって大喜びで手ひいてやるよ。いま、手ひきたくないような女なんて、本当に一人もいないんだから。本当だぞ。本当にいまオレフリーなんだから」

「まあ、それは信じるよ、信じるよ――だからさ。だとしたら、いくつか考えられるのは、逆にさ」

「……………」

「ユウのほうは全然そういう気持なくてもさ。女の子のほうでユウに夢中になっちゃってて、その女の子の彼氏がすごくヤいてるとかさ。そっちのほうじゃありませんか」

「それも心あたりないよッ」

「それは、でもわかんないですよー。ユウさんすっごくモテるもん」

「おい、ミエちゃん」

「あらそうですよ。私なんてユウさんの事務所だってひとことといっただけでねたまれてもうたーいへんだから。いまユウさん一番人気だもん。けっこうシブいクロウト好みから、若いコまで、わーっと上がってるとこだからね、注目度が。だからなんかすんごくいれこんじゃってる女性なんていっぱいいるかも」

「しかし普通は……もしただのファンとかだったら、彼女が誰かのファンになったからといって、そのあいてのスターさんにこういう手紙はださないと思うからね。やっぱりあるていどは個人的なツナガリみたいなのがないと出さないよねここまでは。……ということは、共演した女優さんとかかな……」

「いっとくけどね。いわれないうちに」

僕は怒鳴った。

「冴木瑠美は関係ないよ。オレちょっといいなとは思ってたけど、まだ個人的に口きいたことだってないくらいだし、ってもちろんスタジオは別だよ。でもデートどころじゃないし、それに電話番号だって知らないし、だから、彼女に彼氏いるかどうかだって知らないし——とにかく関係ないからね。それからついでにいうなら、花田千紗も関係ないよ。あれなんてもうこないだの収録おわってから、半年も全然会ってもないし声もきいてない」

「はいはいはい」

「わかったって」

「そのへんだけだよね、ユウとからむ役だったりラブシーンあったり……」

松井は考えこんでいるようだった。

「こないだの舞台っておよそそんな役じゃなかったしーーううむ」

「やだなー、もうこんなのッ」

「そりゃもうこっちだってヤだよ。もちろん名前は……書いてないし、と」

「消印世田谷だからね。都内にいるんだよソイツ」

「なんか異常な感じだなあ……それにこの字の感じ、なんかすんごい力入ってますよね。ビンセンに穴あきそうなくらい力いれて――それに赤エンピツでかくなんてなんかすごい、妙に異常な感じ」

「おどかすなよ、ミエ。オレ気が小さいんだぞ。一人暮らしだし」

「ユウ」

　松井が真剣な顔になった。

「またどうせ警察にいっても何もおこらないうちは……っていってとりあってくれないと思うしさ。とにかく身辺に注意しないと……」

「注意したってさ、どうにもならないじゃない。いったい何のことなのかこっちにはちっとも心あたりないんだからさ」

「あ、電話」

　ミエがとんでいって受話器をとった。

「はい、YOU&Iプロ――あ、はい、お早うございます。はい、あ、います。少々お待ち下さい。――ユウさん、田所さん」

「えーっ……はいはい。あ、もしもし、浩司さん？　お早うございます。どうしたん……」

「ユウキ、会いたい」

切迫した声だった。

「いま、下にきてるんだ。ちょっとでいい。出られないか。顔だけ見たいんだ。話があるんだ。急いでるんだ。三十分だけでいい」

「えーッ……わかりました」

僕はちょっと一瞬困惑したが、ふと奇妙な考えが頭をかすめた。

それは、この手紙と——田所浩司になにか関係があったら——という考えだった。

どうしてそんなことを思ったのだかわからない。

「いいですよ。すぐおりてゆきますから」

僕は答えた——そのときは、そう答えたことを一生後悔するはめになるだろうとはちっとも予感なんかしやしなかった。虫の知らせなんていつだって嘘ばっかりなのだ。

第三章　のっぺらぼう

はづき　4

はあッ、はあッ──

はあッ、はあッ──

激しい息づかいだけが、荒くひびいている。

はあッ、はあッ──

ああ、もう──もうだめ。

もう走れない……

これは悪夢のなか。

そうよ、現実じゃない。

こんな怖いこと──現実じゃない。ほんとにはづきみたいな平凡な女の子の上にこんなことがおこるワケなんかないの。

はづき、悪い──

悪い夢をみているんだ。

ああ……もう、ちょっとで……

もうちょっとで……ウチにつく……

みえてきた。

なつかしい、はづきの部屋のあかり……

（ハアッ、ハアッ）

この苦しそうにハアハアいってるのは、はづきじゃない。

うしろから──うしろからおいかけてくる人の──こわくって、はづきのふりむく勇気の出ない人の息づかい。

怖い。

怖い。怖い。怖い。怖い。怖い。

頭ん中がそれだけでイッパイになって──

何も考えられない。

頭が真っ白になって──

どうしてなの。

どうしてはづきがこんなめにあうの。

はづきなんにも悪いコトしてないのに……

ああ。

夜中の一時前――

まだホントならそんなに――人通りのなくなる時間じゃないのに……

このあたりは、けっこうおそくまで……

ひとがいるんだから……

だからわりと安全だからって、パパもママも下宿するの、やっとゆるしてくれたのに。

こんなコトがあったなんて、パパやママには絶対いえない。いったら――すぐ戻ってきなさい、っていわれちゃう。

ああ、いや……

でも――

ウチにかえっても、はづきひとりだし――

急に――急に背中に冷たい水をあびせられたような感じがする。

そうだ、おへやにかえってもはづきひとりなんだ。

どうしよう。

恵美子にでもとまってもらうことにしてたらよかった……

そうだ、恵美子のファミレス！

きょう恵美子いる日かしら。

お金あるかな。

たぶん大丈夫。用賀くらいまでならなんとかなる……

ああん、でも、タクシーがこないよぉ。

おへやに入って……ドアなんてノックされたりしたら——はづき気が変になっちゃいそう。

こわくて。

いや……こんなのいや。

どこからあいつついてきたんだろう。

はづきが気がついたのは、終電おりたときだった。

ずっとはづきのこと見てるヒトがいる——こわくって、どのヒトだか、そっちのほうをじっと見たりできなかった。もし万一目があったりしたら——声かけてこられたりしたら——

これから駅からしばらく歩くから——けっこうさびしげな道んとこも、駅のガードぞいのとこにあるし——

誰か安全そうな女の人でそっち方向にいく人がいたら、って思って……

でもって……ちょっと見てたんだけど……みんなかえってヤバそうな酔っ払いのおやじばかしで……

しょうがないから、とにかく早くウチにかえっちゃえって思ってはづき歩きだした。

ずーっ、と……

足音がついてきたの。

怖かった。

小学校の山の学校んときのきもだめし大会みたく怖かった。

おしっこ、ちびっちゃいそうにこわかった。なんだかわかんないけど、途中から、はづきなんだかものすごーく、ものすごーく、こわくなって──きっとパニックになってたんだと思う。

最初は、はづきの考えすぎだよって思ってたんだ。

そんなの。考えすぎだから……たまたまこっちのほうにずっと、同じ方向にくる人がいたってちっとも──

それに、電車ん中だって……はづきのこと見てたなんてわかんないじゃないって。

はづきなんてべつにそれほどすんごい美人ってわけじゃないし、すんごくグラマーってわけでもないし、べつにそんなに目立たないと思うの。

だから、そんなふうに、いきなし、はづきのことじっと見てた、なんて思うのって、ウヌボレきついかなー、ナルちゃん入っちゃってたかなー、みたいな……

そう思って自分のことなだめようとしてた。

そう思いながらずっと歩いてて……

コンビニのなかにはいってって、いりもしないものをいくつか買って──本当にいるものもあったんだけど。

あかるくって、ひとがいっぱいいるコンビニのなかから、また暗いおもてに出ていくの、すんごくこわかった。

でもしょうがないから……ずっとそこにいたってどうにもなんないし。

とにかくここからはもうウチまですぐだし。

ウチにはいってカギかけちゃえばもう、絶対大丈夫なんだからって……

自分にいいきかせて。

だんだん早足になってさいごはかけだしそうになっちゃうのを、あわてちゃだめ、あわてちゃだめ、って自分にいっしょうけんめいいいきかせながら――

でもだんだん本気で怖くなってきて……

どうしたらいいんだろうって。

パパ、ママ――って――実家にかえろうかなーって思ったけど……

ここからだと、もう……けっこうあるし。

自転車でいくのはもっと怖かったし。

なんか、こわい、ってなると何もかも怖くなっちゃうみたい。

どんどん、パニックがひどくなってって……

ああ、どうしよう……

いったいどうなっちゃうんだろうって……

いっしょうけんめい、落ち着こうとしてんだけど。

これまでにこんなめにあったことって、いっぺんも――

ヒタヒタ。ヒタヒタ。ヒタヒタ。

足音がするの。

同じ間隔をずーっと保って、足音がおっかけてくるの。

べつに近づいてもこないし、おっかけてくる、ってわけじゃないんだけど――

いっぺん、こわくなると、なんでもこわくなっちゃうのかなあ……

あの、枯れススキがおばけにみえちゃうような、そういうヤツかなあ、なんて……はづきがむりやりに思おうとしてたときだった。

すごい、決定的なショックが――

(はづきちゃん――はづきちゃん――はづきちゃん……)

うしろで、ソイツ、いったの。

はづきの名前よんで……かすれたイヤらしい声ではづきの名前よんで――「はづきちゃん、はづきちゃん」って。

なんでよォ！

なんでコイツ、あたしの名前知ってんのよォ！

はづきがほんとのパニックになったってちっともふしぎはなかったと思う。はづき、その場でへたへたって座っちゃわなかったのは、あんまりこわかったからで――

タクシーもぜんぜんとおりかかるようすもないし――あいてる店もない、全部シャッターしまってる――

どっかの店、どんどんとかって叩いておこしてたりしたら、すごくアヤシイ人に見えるだろうし――

起きてきてくれるかどうかだって、もしかしてそれってひるましか人いないただの商店かもしれないし。

起きてきてくれるにしてもそれまでのあいだに、痴漢が――

痴漢、なんだよね、コレってやっぱり……？

はづき、まだウシロ、ふりむいてない。

こわくて、ふりむけないの。

ふりむいたらさいご――

なんかすっごく、おそろしいモンを見てしまいそうな気がして――

ふりむけないの。

みんなにバカにされてるけど、はづき、まだバージンだから。

こんなとこでロストバージンなんてそんなの絶対やだ！

でもそれだけじゃないの。

いくらバージンでも、友達だっているし――友達でバージンなのなんてはづきくらいのもんだし――

だから、セックスとかって少しは見当つくし知ってる。

キスならしたことあるし……

でも、それだけじゃないの。

見たら気が狂ってしまいそうな怖いものって、男のひとのアレとかじゃないの。

そうじゃなくて、なんていったらいいんだろう。

見てはいけないもの、鬼の顔みたいなもの、ノッペラボウみたいなもの——

ふりむいたら、ノッペラボウを見てしまいそうな気がするの。

ああああ——

助けて。

だれか、だれでもいいから、はづきをたすけて。

声が出ないよ……

怖い。

怖い、怖い、怖い、怖い、怖い。

だめだ。タクシー、通らない。

タクシーの通ってそうなとこまでいくのに、もっとさびしいとこ通らなくちゃならないし。

ああ——どうしよう。

怖いよ……

カギ、破られたりしたら——

明るくなれば、こういうやつって、きっといなくなるだろうけど……

でもそれまでまだずいぶん時間があって……

もうしょうがないからとにかくうちんなかにころがりこんで、でもってドアの内側から机かなんかでバリケードきずいて……

そうか、うちんなかなら警察に電話できるんだ。

はづきはよろめきながら、しっかり手すりをつかんで階段をあがってゆく。

あ――

足音が……やんだ。

ヒタヒタ、ヒタヒタ、って、全然急がずにはづきをおっかけてくる足音も。

ハアハア、ハアッ、ハアッ、っていうあの荒いぞっとするような息づかいも。

よかった。この建物には――はいってこないんだ。

ああ――怖いよ……

カギはもうとりだして手にしっかりにぎりしめてた。カギ穴にはいらなくてカチャカチャ音をたてる――やっとあく。なかにはいる。カギをかけてチェーンかける。そのまんま、クツもぬがずにはづきはしばらくたたきにへたりこんで泣いている。

(ああ、ああ、ああ……)

(ああ、やだよう……こわかったよう……こんなのやだよう……こんなの……)

しばらくはマジで立つ力もなかった。

それから、やっと少しだけ、力をとりもどして、靴をぬぎ、部屋に入って、あかりをつけた。

おちつくまえに、二つしかない部屋をよくよく全部調べてまわって、どこにも人のいないことをたしかめずにはいられなかった。

むかいのアパートの三階くらいでぱっと電気がついたけど、はづきは気にもとめなかった。

（ああ……何ごともなかった……よかった）

（よかった、生きてる……）

（しょ、処女を散らさずにすみましたぁ……）

（もしかして、マジで危なかったのかなあ……？）

（もっと気をつけなきゃダメだよ、はづき）

恵美子の声がきこえてくるような気がする。ほんとに気をつけなくちゃいけない。東京は世界でもゆびおりの治安のいい都会だそうだし、これまでも全然そういう怖い目になんかあったこと、ほとんどないから、なんだかはづき、ちょっと警戒心とかって忘れていたんだろうか、って思う。

でも、夜中とか、女のひとり暮らしとか、ひとり歩きとかって、やっぱり本当は――すごく危ないことなんだ。それはもう本当に、覚えておかなくちゃいけないんだ。

（もっと、気をつけなきゃ……ホントに……）

はづきだって――

べつだん、たいしたコトもしてないし、たいしたすごい人間でもなんでもないすっごく平凡な女の子だけど、それでも、やっぱし死にたくはないし、ヒドい目にあうのもイヤだった。

それに、なんていうんだろう。

あの、ヒタヒタ、ヒタヒタ、っていう足音――

なんだかあれ、無性にこわくて。

理屈じゃない、なんていうんだろう。本能的、っていうのかな。

なんだか動物にもどって、はづきがちっちゃいうさぎかなんかの草食動物で、でもって暗闇にひそんでる肉食の動物におっかけられてるみたいな——恐怖感。

はづきはやっと手足に力がはいるようになって、這うようにしてもどってきて、いきなり電話をひっつかんだ。

なんかもんのすごく、生きた人間の声がききたくて——

まだ、カギとチェーンかけただけじゃ安心できない、まだドアの外にあの変なイヤな痴漢がひそんでるみたいな感じがして——

とにかく恵美子に電話しようと番号簿をくってる最中に、いきなり電話が鳴った。

はづきはびくんととびあがっちゃった。

(恵美子かも)

あわてて受話器をとる。でもとにかく何の警戒もしてはいなかった。電話のことは——だって頭のハタラキだってとまってしまってたし——

「おかえり。はづきちゃん」

受話器のなかの声がいった。

かすれた、低い——なんかイヤな感じのする声だった。

「いま帰ったんだね。あんまり、遅くなっちゃ駄目だよ。若い女の子があんまり遅くなるの、危いよ」
その声は、そういった。
はづきは金切り声をあげて受話器を放り投げた。
あの声。

ユウキ　4

「なんだ、どうしたんだよ」

浩司さんは僕を見るなり妙な顔をした。

「え？　僕が、どうかしました？」

「なんかあったのかよ。——すげえ、顔色がヘンだぜ」

「顔色が——変？」

浩司さんは一階の事務所の受付のとこで——ウチの事務所はこのちっちゃなビルの1Fと2Fを通してかりてるのだ——車のキーをちゃらつかせながら僕を待っていた。

やっぱり誰がみてもカッコいいというんだろうと思う。背が高くて——僕より15センチくらいは高くて、足が長くて、それがきょうは皮パンツをはいて、よけい足が長くみえる。長い前髪が頬に乱れかかり、ミラーのサングラスを片手に持って、皮ジャンでかるく受付の机によりかかっている。顔はきわめつけの有名なハンサムの顔だし、シブいったらありゃしない。

だからってな——いくらカッコよくたって、男は男だし、ホモはホモで——

「ああ、すんごい真っ白な顔してる。どうかしたのか」

「ちょっと――ね、その、イヤなことがあって」

「事務所でか」

「そうでもないっすけど」

僕は時計をみた。そろそろ六時半――もうこんな時間か。

せっかくのたまのオフだってのに、事務所でうだうだすごして――あげくのオチがあの手紙だなんて、まったくなんてんだろう、サエないやっちゃなあ、って感じだよな。

「浩司さんは、どうしたの？」

「ちょっと、話があったんだ。マジで話がしたくてきたんだけど、おマエ今夜仕事？」

「いや、きょうはめずらしく――」

「へえ、オフってたんだ。おマエってよく、オフの日に事務所くる気になんかなるな。松井にきいたらきょうは事務所にくるんじゃないかっていうから寄ってみたんだけどさ――俺オフのときなんて死んでも事務所なんかよりつかねえよ――メシ食う？」

「メシですかあ……」

なんとなく、ヤバ線な気がした。

だって浩司さんと二人だろ――？　でもって、やっぱし浩司さんが僕に気があるってことはもうイヤというほど当人が公言してて――

ただ、僕もその、いま田所浩司クラスの人気役者のご機嫌を損じて、あと二回になった番組の収録にさしさわりたくない、っていうタコな理由もあって――

(誰か、一緒に連れてっちゃうか)

「マネも一緒でもいいっすか？」

「ヤーだよ」

浩司さんは断固としていった。そのへんのところはまことにはっきりしている。

「話があるんだっていっただろう？　おマエが俺と飯くうの、警戒してヤだっていうんなら、そのへんのサテンでもいいから、とにかく話をきいてほしいんだよな」

「大事な話？」

僕はうわ目使いに浩司さんを見上げた。そういうところが、よく「媚びてる」っていわれるゆえんかもしれない。僕にしてみるとわりあい反射的な気持や表情の動きにすぎないつもりなんだけど――ひとからみると、僕のそういう反応っていうのは、「甘ったれ」とか「八方美人」とか「媚びた顔をする」とかといわれて――評判悪い。自分ではそういうつもりないんだけど――僕はあんまり背の高いほうじゃないから――って小さいわけでもないけど、背の高い人とかだと、どうしても見上げる顔になるからじゃないかと自分では思っているんだけれども。

「大事な話だよ。俺にとっちゃな。おマエにとっても、じゃないかって思うんだけどな、俺は」

妙にすごみをきかせたいいかただった。僕は受付のケイちゃんの目が気になった。

「わかりましたよ。それじゃかるくおつきあいしますから、ちょっと待ってて下さい。コートとってきますから」

「外で待ってるよ」

浩司さんはふらりと出ていった。僕は上にあがっていって、コートをとり、浩司さんに食事に誘われたからもう行くよ、と松井に伝えた。

「おいおい、なんだかなー」

「なんだよそれ」

「田所さんにユーワクされないよーにね——いや、このさいは、ユーワクしないよーにね、かな」

「きゃーっやらしーい」

とミエ。

「ばかやろ、殴るぞ」

「田所さん、けっこうマジみたいじゃないっすか。ユウのこと、惚れてんでしょ。——最近、ファンレターに多くってねー、田所ユウキネタってのが」

「やめろっ、ばーろー！」

僕は松井にケリをいれてから、きゃーきゃーいってるミエちゃんに空気パンチをかませ、そのまま「お先でーす」した。外に出ていって、僕はちょっとためらった。田所さんはもう、自分のベンツの運転席に座って僕を待っていた。

「乗れや」

ドアをあけていう。僕はちょっとためらった。

「大丈夫だってば、やみくもに襲ったりしねえよ。そこまで飢えてねえよ——いいから、乗れよ。ちょっとすてきなイタメシがあるんだ。連れてくぜ」

「イタメシっすかー」

僕はあいまいな声を出しながら、さらに催促されてしょうことなしに浩司さんのベンツに乗込んだ。たちまち、ごぼうぬきに浩司さんが車を発進させる。カーマニアの運転マニアだ、というご立派な腕前だ。

「近くなの？」

「青山だよ。ちょっとした俺の隠れ家なんだ。イケるぜ」

「ふーん……」

やっぱし、口説かれるのかな、口説かれるんだろうな……マジで。

僕はかなり荒っぽく246をかけぬけてゆくベンツのなかで、浩司さんの横顔を見ながらひそかに考えていた。

それもまあ、いずれはしょうがないのかもしれないな——こういう業界で、何をしてでもノシあがってやろう、みたいなこと、考えた以上は、もうマジで、いつかはオトコとも寝なくちゃいけなくなるかもしれないな、と思う。だったら、ヴェテランにやさしく手ほどきしていただくってのはそれほどいやーなことじゃないのかも——なんか、最低な話をきいちゃったし。大体がデザイナーだのコリオグラファーだの演出家だのって連中はマルホ系が多いんだけど、そいつらの中では最近出てきた若手男タレのなかで僕が一番人気なんだそうで、業界のなかで誰が一番最初に僕を食うか、ってカケしてる阿呆なやつらがいるんだそうだ。ってコレをいったのも二丁目のヒゲつきのママさんだから、それにのせられたら馬鹿みるだけかもしれないけどな。

けど、浩司さんかあ——田所浩司かあ。考えちゃうよ。

なんかなあ……全然実感ないし、そもそも男どうし、ってのからして実感ないし。あのファミレスのねーさんとか、アッチ系のおねえさんファンのかたがたからみると、お耽美だったりするのかもしれないけど、こっちから見れば、冗談ポイポイって感じだ。どこがお耽美だよぉ、よしてくれよ、って感じがする。

だからヤバいんだ——だって浩司さんはちっとも自分がマジでホモだってことを隠してないんだから。

まあ、二丁目に連れてゆかれなかっただけマシかな——でもどうも、浩司さんは、アッチ系じゃないみたいで、前に、俺は二丁目は嫌いなんだッ、っていってたことがある。（ウリは嫌いなんだよ。ウリも、女装も、おカマも。——俺は——なんだって？　だから、俺は、オトコ、が好きなのッ、ハハハハハ……）

それってもしかして、一番ヤバイんと違う？　などと思うのは、ノンケの気持ってものでで……

「ついた。おりろ」

浩司さんが連れてってくれたのは、名前だけはいかなかけだしの僕でさえきいたことのある、有名人ばっかりがよくくる、グルメ雑誌でよく名前が出ている地中海系無国籍料理の、それのまた凝ったことに別館だった。地下におりてゆく、なんだか秘密めかした店だ――だがインテリアとか、すごく高級そうで――

「浩司さーん、僕、お金ないっすよ」

「なさけねえこというな。奢ってやる。でなきゃ誘わねえよ、こんなとこ」

やっぱり有名人の先輩だけあって、浩司さんはすごくなんでも馴れていたし、そういうことというのは正直いうとすごく憧れてしまう部分だ――というか、勉強してやる、と思ったりする。そういう店に入っていって、もうすっかり顔なじみの常連客であることがわかるイキな会話をかわして、すみにひっこんだ、ちょっと独立した感じのブロック席をあてがわれて、ワインリストを優雅に開いて長い指でたどっている姿――それはやっぱりカッコいいと思うし、だからっていまの僕がしたらたぶんすごくキザではなもちならないだけだろうし。早く年とりてえな――ふっと思った。そうしたら、ホモのエサであることもなくなるだろうし、貫禄もでてきて――

てきぱきと注文をすませ、ワインの前にこれを飲めよ、といってシェリーで乾杯して、ニヤっと笑う浩司さんはやっぱり格好よかった。

「ねえ、浩司さん」

「なんだ」

「浩司さんていつ、いくつんときデビューだったの？」

「俺か。俺は、二十一だな。だから、おお、なんてこった。もう十三年前だ」

「ベテランだな、もう」

「そうなっちまったな、あいにくなことにな。そんなにたったような気なんて全然しねえんだけどな。お前何年になるんだ」

「一年ですよ、こんどのクリスマスで」

「ひえッ、一年坊主か。そのわりになんかずいぶん露出したな、この一年で。ええこっちゃ。――それが、成功の秘訣だ。おマエ、成功するぞ、たぶん」

「だといいけどね」

「もう、がーっと人気あがってるじゃねえか。こないだのファミレスだって、俺と瑠美公とお前と三人そろってて、サイン求められたの、お前だったろう」

「あれはー、もう、単なる偶然でー……あのウェイトレスの娘、毎日手紙書いてきたりするすっごい追っかけのピーだったんすよ。だからそれはもう」

「ばか。そういうピーが『たまたま』食事に入ったとこにいるってのが――おマエ、その女があそこにいるって知ってて入ったわけじゃねえだろ」

「知らないっすよ。全然そんなの」

「だからさ。そういうのがそうやってゆきわたりはじめてくるってのが、だんだん確実に上がってるってことだ。おマエはたぶん——俺よりだいぶ上にいけるぞ。だから俺も——話を急がなくちゃなって思ったんだ」

ちらっと、イヤな気がした。僕は話をそらすようにいった。

「ねェ——浩司さん。ヘンなファンて——いる？」

「ヘンなファンか。一杯いるぞ」

「あのねェ——変な手紙よこすのって、いる？」

「いるいる。ごっつういる。俺なにせホモだってけっこう知れてるじゃない。特に隠してねえしさあ。だもんでおーカンチガイする人がいるのよけっこう。——いっとくけど、男なら誰だっていいとか、そういうんじゃねえんだからな。おマエだってそれそう思わない？　よくさあ、ホモっていうと、それだけで、あほーなヤツがさあ、『えーっ、一緒に旅行しないからね』とかさ、『俺のこと襲うなヨー』とかっていいやがんのよォ。それがまた、そういうバカいうやつに限って、だーれがどれほど飢えててもてめーなんか襲うかよ、バカヤローみたいなクソ野郎ばっかりでよ。それってお前、オンナでもそうじゃん。すっごい、うぬぼれたナオンで、襲わないでねーとかいわれて張り倒したくなることってねえ？」

「襲わないでーはわかんないけど……」

僕は笑い出した。

「けっこうファンレターとかで、お前何勘違いこいてんの？　ってことは——ありますねえ」

「あるだろあるだろ。ソレなんだよ。俺はさあ、オトコなら誰でもいいなんていうのって、ノンケのやつが、ちょっとでもプライドのある男ならさ。オンナなら誰でもいい、なんてのと同じくらいすげえムチャクチャな話じゃねえかと思うぞ。だのに、そういうの、わからねーんだなあ。ざけんじゃねーぞコラって殴り倒してやりたくなるけどな。ホモには自由に恋愛する権利もねえのかよって」

「……」

「なんだよ。それ——なんか、悩んでることあるんじゃないのか、ユウキ」

そういうところは——

すごく優しくて、気がついて、なんでも知ってて——いかにも、《頼もしい兄貴》という感じの、そういうところは、すごく好きなんだけどな、と思う。

だから、撮影のはじまった最初からけっこう僕はなついていたし、いまだって、そういう意味では全然嫌いじゃない。

むしろ、カッコいいし、好きだなと思う——ただ、寝る気になるかどうかは、まあ……というだけのことだ。

それでも、他のヤツに食われちまう——売られて、つまんねえイヤな思いするんだったら、浩司さんあたりに手ほどきしといてもらって、——って考えるくらいには、他のヤツよりずいぶん好意を持ってるなーと思う。それに浩司さんは——二丁目以外ではじめて見た「ちゃんとマジなホモ」さんだったし、また、あんまり見たことない、「おカマでもゲイでもない男子同性愛者」だった。

それってかなり珍しいのかな、と思う。

「ユウキ」

「あ、はいっ」

「お前、さっき事務所からおりてきたとき、スゲエ顔してたんだけど。俺気になってんだけど、何かあったな？」

「ええ」

こんどは、すなおに言えた。

「変な――手紙きちゃって……」

それが、浩司さんが出したんじゃないだろうな、なんて一瞬思ったのはないしょだ――そんな気持はもう、浩司さんと話しているうちにすっかり消えていた。浩司さんはホモかもしれないけど、マトモな人だ――だから、決して、あんなまわりっくどい変な方法はとらないだろうと思う。

「変な手紙ぃ？」

「ええ……」

僕は、事務所にきていたあの、赤エンピツの異常な手紙のことをくわしく浩司さんに話した。浩司さんはうまそうにワインを飲みながら熱心にきいていた。

「ふーん……そいつは、厄介なことになるかもしれないな」

「えーッ、おどかさないでよ」

「だってさ。——俺も多少経験あるっていっただろう。それってかなり——キてるぞ」

「キてますよ。っていうか——イッてますすよ。……あの手紙持ってきて浩司さんに見てもらえばよかったかなァ」

「見なくても大体見当つくよ。俺んとこだって、同じようなのこないわけじゃねえからな。——これまでで一番怖かったの、ちょっとつきあった男がいてさ。その男の彼氏のやつからきた脅迫状がさ。——お前のチ＊チ＊を切ってやるとか、硫酸かけてやるとか——そんなのばっかり延々と書いてきてさ。それが半年くらい——俺はもうすぐその相手の男とは切れたんだけどよ。そのあとも延々と脅迫状がきて。コイツはマジでやべえなーと思ったよ。そのあとは、誰か相手がいるかどうかはよーくたしかめてから口説くことにしてる」

「ひえーっ。そういうことあるんだあ」

「これは相手が女でも男でも同じことだろう。そうだろ？　ユウキ」

「ですよね……でも、これ、警察ではどうすることもできないって」

「ああ。警察は何もしてくれないんだよ。そうなんだ。俺もいったからさ——そんときなんてひでえあつかいうけたぜ。このホモがみたいな感じで——面白半分のさ。もう二度といかねえ、警察なんて」

「そんなにひどいんだ……」

「何か事件にならないとどうすることもできない、の一点張りでさ。おまけにこっちの話はホモどうしの話だろ。下手するとコッチのほうが犯罪者みたいな目つきで見やがる。たまんなかったね」

「ふーん……」

「けどさ。ひとつだけ注意しておきたいけど」

「なあに、浩司さん」

「気をつけろ。おマエ——そういう手紙がくるってのは——ヤバいんだ。いいか、そういうヤッってのは、ひとつだけ確実にいえるのは、とりつくヤツととりつかないヤツとがいるんだ。——ていうか、そういうやつらをひきよせるニオイを出してるヤツとそうでないヤッていうかな。ふしぎと、そういうヤツはそのいうにいわれぬニオイにとりつく。それはもう絶対確実なんだ。そのことは俺は断言できる。いくらでも例があげられるくらいだ。——そういうことのおこらないヤツには一回もそういう手紙もこないしそういうヤツもとりつかない。そういうことのおこりやすいヤツにはたてつづけにまたかよーっていうくらいくっついてくる。これが法則なんだ。マーフィの法則じゃねえけど」

「えーッ、やだよ、おどかさないでよ」

「本当だよ。気をつけろ。そういう手紙がくるってことは、お前もそういうヤッにとっつかれやすい体質してんだ。——けどな、おかしなもんで、そういうヤツをひっぱりよせちゃうやつのほうが——スターになるんだよ。ほら、美空ひばりに硫酸かけたやつがいるの覚えてるだろ——知らねえか。トシが違うってやつか。まあ、だから、美空ひばりは知ってるだろう。なんぼなんでも。あれとかさ、長谷川一夫っていただろう。それ顔切られてんだよな。ファンに。――ファンにそういうことされちゃうのが本当の大スターなんだ」

「えーッ、やだよーッ、そんなの」

「俺だってヤだと思うけど、これはだから別にヤだっていってもしょうがねえっていうか――また、演歌のS……だったか？　ヘンな女がソイツの子供できたって訴えたりしただろう。あれも妄想だったみたいだし――そういう妄想の対象になりやすいのが――ホントのスター性なんだ。わかるか」

「うぇーっ。あんまり楽しくない話だなあー」

「まったくだ。だがそうなんだ。おマエはもっともっとスターになれるだろうと俺はふんでるよ。だから、覚悟しとけ。それはたぶん序の口だ。これからまだまだ、お前にはいろんなことがふりかかってくる」

「えええーっ。ヤな予言、しないでよ」

「お前って、なんていうのかな。すっごくやらかそうに見えて、それでいてどこかすごくシンに硬質なとこがあるだろう。――そこらあたりがなんか、そういうのを呼込む下地になってんじゃないのかな。……わかるような気がするよ。俺も、ヘタするとお前につきまとっちまいそうだもん」

「えーッ」

「ばか野郎。ビビった顔するな。……とにかくその手紙には気をつけろよ。一番気をつけたほうがいいのは、見逃すなってことだ。たぶん何通も続けてくるだろうから、その調子の変化に気をつけとけよ。ほんとになんかしでかしそうな感じになってきたら——ボディガードでもなんでもつけてもらって、行動に気をつけて、一人でちょろちょろ出歩かないようにするんだ。もうこっちはメンが割れてるんだから。——本当にタチわるければおっかけてくるだろうしな。……あとつけまわされたりしたらかなり怖いぞ」

「脅かさないで下さいよー」

「脅かしてるんじゃない、自分の経験でいってるんだ。気をつけとくにこしたことはないぞ、本当に」

「ええ……」

前菜が運ばれてきて、このぞっとしない話のあいだに、カラになって、うまいパスタがはこばれてきて、それからメインと——

そのあとはなんだかんだ、撮影の、どんな仕事にもかならずあるようなばかげたウラ話で浩司さんはおかしそうに楽しげに話してけらけら笑っていた。やっと、食事がすんで、コーヒーが出されたところで、浩司さんは、ぐいと身をのりだしてきて——ふいにひどく、真面目な顔になった。

「ユウキ。——それじゃそろそろ、俺の話、はじめるぞ」

「……」

うひゃー。

　怖いな、と思う。

　だが、次の浩司さんのセリフは——案の定、でもあれば、一方かなり意表をついたものでもあった。

「ユウキ。俺が、お前のこと、本気で惚れてるのはもうわかってるだろう。——お前、瑠美のこと、好きなのか」

「え……？」

　僕はちょっとへどもどした。そう正面きっていわれると——決して、嫌いなわけじゃない、いや、おおいに気があることはあるだけに——へどもどしてしまう。

「す、好きって、そんな」

「おたつくな、馬鹿野郎。——お前、瑠美にけっこう気のあるところ、見せてるじゃないか。コナもかけてるし——どの程度、本気なんだ」

「どのていど本気って……僕そんな、やだなあ……」

「冗談でいってんじゃない。マジな話だ。いいか、俺、けっこう本気なんだ——いや、これまでで一番本気かもしれねえんだ。さっき、自由恋愛の話しただろ。ホモってのはべつだん、男とやみくもに寝たがるだけのヤツってことじゃないんだぞ。たまたま——恋愛の対象が同性だっていう男だと思えば——べつだんそんなに不思議はないだろ」

「べつに、不思議だとは思ってないけど……」

「最初は、軽く食っちまいたいな、くらいだったんだけどさ。——だんだん、お前と仕事してて、お前のキャラクターとか——なんてんだろうな、お前のニオイ、みたいのがマジですごく気になってきて——いまはけっこう、本心で本気なんだ」

「……………」

これはかなり、思いがけない展開かもしれない。

かえって、いつも通りのノリで、一回やろう、ヤラセロ、寝よう、とおしてこられたほうが全然かるくかわせたし、あるいは、一回くらいしてみてもいいな、という感じになれたかもしれなかった。

さっきいったとおり、僕は浩司さんは決して嫌いじゃないし——それに——

いずれ、なんか、この業界にいると確実に誰かになんかされちゃいそうな気がするし——こないだも松井に連れていかれた二丁目のゲイバーでママにトイレで股間をさわられてほうほうのていで逃げてきたりしたし——それにくらべたら浩司さんのほうが百倍マシじゃん、とは思っていたが——

それとコレとは、全然違う——ような気がする。

(ヤバいなあ。コレってけっこう、マジの愛情告白じゃん)

それは、辛い。

僕には、相手が男だからというんじゃなくて、それは辛い。

いまの僕には——自分が恋をしてないことはわかっている。冴木瑠美にだって、恋はしていないのはいやというほどわかっている。恋をいましたい、とも思っていない自分がいるし

——だから、自分には、相手のいかんをとわず——男だ女だじゃなく——有名人の同性である田所浩司さんであれ、無名の追っかけのファンの福永はづきさんであれ、とにかく、「ひとの真剣な思い」というものをうけとめるような状態じゃないんだ、ということが、僕にはよくわかっている。

それが、あんまり、いいことじゃないかもしれない、ということもやっぱりわかっているのだが、でもしかたがない。僕はいま、仕事が面白くて、面白くてしかたないし、野望がぐんぐん大きくふくれあがってゆくのを感じている時期だし——

(恋どころじゃねーや)

というのが、正直なところとしかいいようがないのだ。

まして、それが——

同性との恋、となると——

同性とのセックス、よりさらにさらに見当がつかない。

どうして、同じ男と恋ができるんだろう——女とさえしてないのに、というのが正直なホンネだった。

「いますぐとは云わないけど、いつか、俺と本気でつきあってみてくれないか。ユウキ」

浩司さんの唇が動くのを、僕はなんとなく、困惑した気持で見つめていた。

(困ったな……)

もし僕が、女の子か——それとも、浩司さんみたいなタイプが好きなホモだったりしたら、これってたちまち恋愛のはじまりになってしまうのかな。

でも、僕のほうの気持というのはまるっきり、本当にまるっきり、動いてないんだけれども――

それでも恋愛になるんだろうか。

僕にはもしかすると恋愛というものそのものが、どうもよくわかってないのかもしれない。僕に手紙を書きつづけるあの子たちが僕に恋愛をしてるのかどうか、僕にはよくわからないのと同じように、浩司さんがなんで僕がいいと思うのか――それは、気分がよくないことはないけれども、やっぱりわからない。

（オレって何か不感症……？）

だとしたら、ちょっと悲しいけど――

でもやっぱりどう考えても、だからといってあわててそのへんの機会にとびついてみたところで、どうしてそれが恋愛になりうるだろう。

少なくとも、僕は、浩司さんを見たってドキドキもしないし、浩司さんに抱かれたいだの抱きたいだのと熱烈に思って欲情するわけでも――とんでもねーよ――ないし――

だから、いまに真剣におつきあいして下さい、っていわれても――

「これは、お前の気持、動かそうと思って卑怯な気持でいってるわけじゃないけどな、ユウキ」

浩司さんはいった。そして、内緒めかしてテーブルに身をのりだした。

「冴木瑠美はやめろ。悪いことは云わない。――あの女には近づかねえほうがいいぞ。お前は知らないだろうから、教えておいてやる。あの女はああ見えてとんでもねえワルだ。あの女は、沢渡尚のコレだ」

「えーッ！」

　僕は思い切りのけぞった。

「さ、沢渡ディレクターのッ！」

これはショックだった。ガンガンにショックだった。

いま現在収録中のドラマの、バリバリ一流の人気ディレクター――

さすがになかなか格好いいおじさまだけれども、ものやわらかで、一見それこそモーホかな、という感じで、僕はドタ勘で、沢渡さんとかもしかすると浩司さんと……なんて思ってたくらいなのだ。

　それが、瑠美と！

あー……でも、そうかもしれない……瑠美が売出したのはたしか、沢渡尚の人気シリーズが最初だった気がする。

（ちぇ……）

それじゃあ、僕の出る幕なんか一枚だってありゃしないや。

一瞬にして、僕の甘ちゃんな幻想は砕け散ったってわけだ。

でも、なんとなく、僕は決してそれほど残念ってわけじゃなかった。

一方で奇妙なことに、ちょっとほっとしたりもしている。なんていったらいいんだろう──瑠美に手を出さなくて、出す前にきいた話でよかったな、ってのと──もっと複雑な、（これで瑠美に手を出さずにすむ……）みたいな。

なんて錯綜した気持なんだろう。

自分でもよくわからない。自分で自分がよくわからない。これまでは一応なんとか自分のことだけはわかってる気がしていたけれども、なんだかだんだん、もしかして俺って自分のコトさえもよくわかんねえアホなのかな、という気がしはじめている。

（まあ、でも……いいや。瑠美が誰とつきあってようと……俺には関係ないんだもんな……）

瑠美ともしつきあいだしても恋には決してならなかっただろうと僕は思った。

それだけは確かだ。瑠美はいい女だしタイプだしかなり好きだ。だけれども、僕が夢中になるようなタイプじゃない──というよりも、もしかすると僕は誰にも夢中にならない、あるいはなれない人間なのかもしれない。

前にずっとつきあっていた、一応初恋ってことになるんだろう女の子だって、いま考えてみると、向こうから積極的に口説かれて、いうならば落とされて、僕だって高校生で一番セックスしたい盛りだったし、GFの一人もいねえなんてそんなカッコ悪い、という気持もあったし──

ちゃんとデートもしたしプレゼントもしたし誕生日には指輪も買ってやったしマフラーも

編んでもらったけれども、僕はなんだかそれをみんな、冗談で、というかごっこ遊びをしているような気がしてしかたなかったものだ。なんだか本気じゃなかった――僕のほうが彼女恋しさに気も狂わんばかりになった、っていうことがなかったような気がする。あるいは何回か、それともある時期にはなっていたこともあったけれども、さいごに気持が離れていったあとの記憶だけが残ってるせいなのかもしれないけれども。

（でも、なんだか……仕事のほうがやっぱり、ずっと燃える気がするな）

俺は冷たい人間なんだろうか――ちょっと、変な気持がした。ずっと自分のことは、熱い、ホットな人間だと思っていたのだけれども。

「遠いな」

浩司さんがいったので僕ははっとして、その物思いから我にかえった。

「え……？」

「お前だよ。なんか、いつも、遠いんだ。――すぐそばにいるしお前がそんなに決して俺のこと嫌ってないこともわかってるんだけどな。俺のこと、そう嫌いじゃないだろ、お前」

「もちろんじゃないですか。っていうか、どっちかっていうと、僕好きだよ、浩司さんのこと」

「それもわかってる。お前、好き嫌い顔に出るもんな」

これもまたちょっとびっくりだった。自分では、けっこうクールなほうかな、とか思っていたので。

「俺好き嫌いって顔に出る？」

「出る出る。全然出る。——けど、まあ、いいじゃねえか。正直なほうがさ。——人間素直が一番だってのが俺のモットーだからさ」

「……」

「だから、お前が俺のこと、てんから嫌いで全然脈がなければ、俺だって諦められるんだけどさ。——かどうかわかんねえけど、少なくとも、これはダメだなって思えるだろう。けど、お前は——なんか、けっこうなついてくるかと思うとひらっと身をよけたり、けっこう警戒心なくくっついてくるかと思うとすごく遠かったり——なんかなあ、何考えてるのかいつもわからないんだよ。そこがなんかすごく——無性に征服欲をそそるってのかな。なんかすごく、お前が何を考えてるのか、ほんとのホンネをひきずりだしてやりたくなるんだよ」

「そんな、たいしたこと、考えてないっすよ」

「かもしれねえけど、そうは見えないんだ」

浩司さんは肩をすくめた。妙になんとなく、寂しそうに見えた。

「まあいいや。とにかく、後悔しないように一回、ちゃんと云っとこうと思ったことはいうだけのことは云ったからな。俺が本気《マジ》なんだってことさ。——これからもっと本気になるかもしれないし。——俺がつきまとっても、あんまりうるさがるなよな。寂しいから」

「そんな……つきまとうなんて……」

「そう露骨にイヤな警戒した顔すんな。悲しくなる」

そんなことをいわれたって。

なんだか、妙な気分だった。これまで、たくさんの手紙ももらってるし、好きだ、愛してる、と（これはむろん基本的に女にだ）告白されたことは何回もある。だけど、よくきくと、大体僕のほうはけっこう白けたりした。僕のどこが好きなの？　というと、結局のところ、女どもは、「顔がキレイ」だの、「やさしそう」だのと全然見当はずれなことをいう。俺の中身ってのはそれじゃどうでもいいのかよ、俺やさしくなんかねえんだぞ、一体何を見てんだよ、というような気持がこみあげてくる。だから、そういう告白に対しては僕は何の負担も感じることもなくてすんだ。

だけれども、これはちょっと違うような気がする。なんとなく――浩司さんは本当に僕のことを好きになっちまったんだな、という気がして、それがちょっと新鮮だった。

もちろん、こたえてあげることはちょっと待ってくれ、という感じだけれど、少なくとも、カオだの見かけの印象だののだけで勝手に暴走されて妄想されて突っ走られるとテメエ、勝手に一人でイってんじゃねえんだよ、と蹴りをいれたくなるけれども、浩司さんはたぶん本当に僕を見てくれて、その僕がイイと思ったんだろう、という感じがする。

それが、なんとなく、新鮮だった。そして、自分が何か急に力を持ったような気がした。

同時にまた、なんだか、浩司さんがどんなに思ってくれても応えることができない、自分がいる、ということが――なんだか妙に悲しい感じがして――

本当は男でも女でもどうだっていい、僕のほうさえもっと心が動いたらきっと恋になるんだろうと思う――

（俺って、仕事にしか感じねえのかな……）

そのまんまいったらすごくひからびた人間になってしまうかもしれない、というひそかな恐怖みたいなものがあった。

だからといって浩司さんと恋はできないけど――

（恋することってあるのかな）

なんだか一生このままいっちまいそうな気もするし――

「まあ、もういい」

浩司さんはニヤっと笑って、急にいせいよく僕の肩を叩いた。そして、残っていたワインをついでくれた。

「俺もいっちまったらスッキリしたよ。まあいいから飲めや。せめて飲むくらいはつきあってくれてもいいだろ」

僕を見てニヤっと笑った顔はやっぱりTVで有名な、あのちょっとヤクザなシブい二枚目の顔だった。

第四章　妄執の檻

はづき　5

電話。
はづきの全身がびくっととびあがる。
まるで、痛い歯にズキっとなんかささったみたいにはづきはとびあがる。
はづきびくびくしている。
どうしてこんなに──
どうしてこんなにはづきがビクビクしなくちゃいけないのぉ。
も、やだ、こんなの……
もう、これで──
何日になるんだろう。
ああ……
ベルが鳴ってる。

もしかしたらアレじゃないかもしれない。もしかしたら——大事な知らせかも……

だから電話、とらなきゃいけない。気になってしょうがない。だけど——アレだったら…

…そう思っただけでもうはづき気が狂いそう。

どうしてよぉ……

どうしてはづきのこといじめるのぉ。

「もし……もし……」

声がふるえてる。

あぁ——声が……

「はづきぃ？」

「あ……あ……ああ……恵美子ぉ……」

よかったぁ……

全身の力が抜けてしまいそ。

なんでこんなめに……

「なにぃどーしたのぉ？　はづきってばすんごい声してない？」

してるよぉ。

だってこんな……だってこんな……

「恵美子ぉぉ……」

「このごろどうしたの？　きのうどうして出なかったの電話？」

「きのう……ああ……きのうまで……ずっと……実家、戻ってた……」

「なんだそっか。ルス電になってないからぁ……すんごい、すんごい大事件だったのにぃ、とにかくほかのコはともかくはづきにだけ一刻も早く教えてあげようと思ったのにぃ、いないんだもん……」

本当は……

戻ってきたくなんかなかった。

ずっと実家にいれば――まだ、よかったかも……

でも、実家にも――

そうなの。実家にも……あそこにいても見てるのよぉ！

だっておととい……うちに電話かかってきて……はづきさんいらっしゃいますかって……

でもって安心して出たら……

アレだった。

（はづきちゃん？）

（どうしてずっとおうちに帰ってるの？　淋しいじゃない。戻っておいでよ……）

（はづきちゃんの部屋が真っ暗なの淋しいんだよ……）

（手紙書いてるからね。毎日手紙書いてるからね。電話もしてるからね。だから早く戻って
……手紙見てほしいなァ）

ママは、はづきがすごい悲鳴をあげて電話をおとした、っていってた。

だから——本当は戻ってきたくなかった——っていうより、本当に、パパだってもう絶対に一人でいるのはいけないっていうから……もう引き払おうと思うんだけれど、そう思うとなんだか——

なんだかやっと手にいれた自由を——なくしてしまうんだって……

自由って……

自由ってこんなに怖いものだったんだろうか。

でも大勢——いくらでも普通に一人暮らしして何も怖い目にあわない子がいるのに……

なんではづきばっかり……

アパートかえるか、とにかく電話番号は絶対かえろってパパもママもいうから……

「ねえっはづき、どうしたんだよ？　今夜いっていい？」

「いいよ」

はづきはほっとする。

もう本当は——これで三日も会社を休んでしまっている。

はづきはノイローゼになっちゃいそうだった。そんなふうに思ったの、これがはじめてだったのに……怖い。

怖い、って思い出すと何もかんも、どこにいても何をしてても何の音もすべて怖くて怖くてどうにもならなくなってきちゃうの。

ひるまでも、一人でじっとしてるのが怖いの。

なんだか誰もいない部屋のなかに目をそらした場所に誰かがいつのまにかあらわれて――

「いやぁぁぁぁ！」

「はっ、はづきっ、どうしたのよッ！　なんて声出すのよ。どうしたの？　ゴキブリでもいたの？」

「あ……」

ああ……いけないい、電話中だったんだ。

「はづきなんか様子ヘンだよ、どうしちゃったの？」

「大丈夫……それより、泊りにきてくれたら……すごく……嬉しいかも……」

そうだ。ほんとに嬉しいかも。

今夜だってとても――ここにひとりでなんていられないから……

夕方になったらママに迎えにきてもらって、実家に戻ろうと思って――洋服だけとりにきたとこだったんだもん。

一人でなんて――

でも、恵美子が泊りにきてくれるんなら……いろいろ洋服だの整理しなくちゃいけないから、時間ないなーって思ってたし……

なんでなんだろう……こんなの……変だよ。

このままじゃ……会社もやめなくちゃなんなくなっちゃいそう……

パパが会社に事情説明してくれたから……

とりあえずは、いまんとこは、大丈夫みたいだけど……

こんなこと、いつまで続くのぉ……

「ねえ、きいてんのはづき？　すっごい、すっごい、すっごいなんてことばじゃ足りないような話だっていってんのにぃ！」

ああ――

恵美子は何の話、してたんだろう。

何……

ゆうき……？

一瞬、（それ、誰）って思ったことにあたしはすごくびっくりした。

ああ、ユウキ――

なんだかすごく――すごく遠くにいるみたいで……

なんだか……

「ねえ聞いてる？」

「きいてるよ……」

「本当だったんだから！　凄かったんだから！　もうとにかくあたし腰ぬかしそう！　もう誰かに、誰かにいわなくちゃどうにも……でもうかつな人にいうともんのすごーくヤバ線なことになっちゃいそうだしぃ……いっちゃいけないと思うからさあ……せめてはづきにならと思ってさ……」

恵美子は……何をいってるんだろう。

なんかまるで、外国語みたいで……

ああ、はづき、ずいぶん弱ってしまってるのかなあ……からだがすごく――頭がぼんやりして……

よく意味がわからない。

ただ恵美子、すんごく興奮してるみたい。

話してるうちにだんだん興奮してくる。……いったい、どうしたって……？

「……からさあ、もうホンットにぃ、信じられないよォ……だってねえ田所浩司がねえ、ユウキをねえもう離さないって……殺したいくらい愛してる、ってそういったんだよぉ、殺したいくらい愛してる、って……あぁ、まるでテレビドラマの一シーンみたいでぇ……あたしそのまんまぼーってしてて思わず立ち上がっちゃって……二人に見られちゃったのよぉ。もう当分――もう当分ユウキの前に出らんないよぉ……ユウキすんごい怖い顔してたもん。でも……だけどさあ――あぁ……」

「………」

「でもホントに……ホントにねえ恵美子すんごい……生きててよかったぁみたいなっていったらぁ変かもしれないけどぉ……なんかすんごい……なんていったらいいのかなあ、感動しちゃったんだぁ。なんかすっごくね――すっごく似合っててさあ……っていうかドラマみたいで……ホントにあんなコト……ねえホントに浩司さんてユウキのこと愛してるんだねえ。

なんかまるで——なんかまるでK……の小説みたいでぇ……すんごい、電流走ったみたいな感じで……動けなくなっちゃってぇ……」

「……………」

「でも、浩司さんがねえ、こうやってユウキをつかまえて……ユウキの手首つかんで車におしつけてねえ、でもって——もう離さないからな、もう絶対離さないからなっていいながら……キスを……」

「ええええーッ!」

自分でもびっくりするほどおっきな声がでていた。

「うそッ!」

「やっと、きいてくれたんだからもう」

恵美子の声が受話器のなかで一オクターブあがる。

「ウソなわけないっしょっ」

「うそよっ、そんな、浩司さんとユウキが——キス……そんなそんなそんなぁぁぁ!」

「すっごく、カッコよかったのよぉそんときの浩司さんてばっ。グイってこうやって力づよくユウキのことひきよせて、サングラスかけてたんだけどそれが半分くらいずれちゃってすんごい真っ赤な顔してさあ、サングラスかけててもすんごい真剣な顔だってわかる顔で——ユウキが首ふってね……それぐいーってひきよせて唇を……」

「やめてやめてやめてっ! やだやだやだっ! やだそんなのっ! 絶対イヤっ!」

「なんでよぉ。あたしすんごい感激し……」

「恵美子はねっ！　ヘンタイだからねっ！　はづきやだからねユウキがオトコとキスするなんてっ！」

　そうよッ！

　ユウキにだけは絶対——絶対いつまでもはづきのキレイな王子様でいてほしいんだもの。王子様なんだもの。キレイで優しそうで美しくて特別なはづきの王子様。ヤオイ系のファンのコはいっつもそういう目でばかしユウキのこと見るけどはづきは絶対イヤ。だってだって——もしユウキが男となんか恋人どうしになったりしたら……どう考えたって……

「どう考えたってあんなにキレイなんだからユウキがウケに決まってるんだしぃ……だったらだったらユウキが男と恋人どうしになっちゃったりしたら、もうユウキと恋人どうしになれるチャンスなんて絶対なくなっちゃうじゃないのッ！」

　前によくこの件については恵美子と激烈な議論したものだ。

　恵美子はかなりの部分ヤオイ派が入ってるから、ユウキがオカされちゃうのとか想像するとゾクゾクするっていう。やだ、そんなの。第一可愛想。

「それじゃ、はづきってば、マジではづき自身がユウキの恋人になれるかもしれない可能性が１００％、１２０％ないわけじゃないと思ってるからユウキが好きなわけ？　そうじゃないんでしょ？」

「ううっ」

そんなコト――

ストレートにいわれたら……困っちゃうけどぉ……

でもそりゃ、そう思ってないわけないじゃない。

誰だってそうだと思うん……

もしただの1%もそういう可能性、なかったら、ファンになんか、なれないよね？

はづきおかしくはないと思う。少なくとも、恵美子たちよりはヘンだと思わない。

そりゃ確かに、ユウキはあんなキレイだし、有名だし、才能あるし、これからきっともっと売出してゆくかもしれないし……いやきっとそうなると思うケド、でもってはづきはただの無名のパンピーのふつー人だしべつだんすっごいキレイとか美人とかカワイイとかいうんでもないかもしれないけど……

だからって、「絶対、何があろうと絶対恋人になんかなれない、とんでもない」って思うこともないんじゃない？

だって恋愛って結局……おたがいの気持だけなんだからぁ、もしユウキがはづきのことを好きになってくれるってことだって絶対おこらないなんていえないわけだしぃ――そうでなくても、とにかくはづきが一人で勝手にユウキのことを愛してる分には全然問題ないと思うんだ。

誰にもなんかいわれるスジなんかない……

だから、夢だしもちろんそんなのすっごく思い上がったのぞみかもしれないけど、でもだからって「絶対ありえない」なんて思うこともないじゃない。

あったらすてきだなーって夢みるくらいいいじゃない。

でもだからユウキが男の人とそんなふうになっちゃったら……そりゃお話のなかとか少女マンガとかならいいかもしれないけどぉ、現実のユウキがそういうふうになっちゃったら……そんなのぜったいヘンだとはづきは思う。

だって男どうしなんて――

少女マンガじゃよくあるし美化されてるけど、でもヘンだよ。

恵美子も、ヘン。

どうして、自分のスキな人が、目の前で男の人に好きだの愛してるの離さないのっていわれて、キスまでされて……そんなこと平気なの？

すっごい、ショックなんじゃない？　逆に。

「とにかく、いっていい？　会って話したいしさあ、それに――」

恵美子の声が奇妙なひびきをおびる。そういうとき、ふっと、あたしって恵美子のこと、ちゃんと全部わかってたんだろうか、って感じがする。

この人、いったい誰だったろう、このひとって本当はどういう人だったんだろうな、って感じがするんだ。

知らないひと、みたいで……

「それに、写真……見せたいのよぉ。写真みせたらきっと、はづきにもわかってもらえる、あたしの気持ち。だってだってだって――すんごく、すっごぉく、キレイなんだもん。キレイなんだよ……キスしてるとこ……」

うわーっ。

恵美子モロにキスしてるとこフライデーしちゃったんだ。

それって――ヤバくないの？

見たいような、こわいような……

やっぱし見たいけど、やっぱしこわいような……

でも、とにかく、ひとりでいるのはイヤだ。

恵美子がなんか夜に食べるものも買ってきてくれることになった。

電話切ってから、すぐにママに電話する。

「うん、今夜は……恵美子が泊りにきてくれることになったから……大丈夫なの。うん、本当に大丈夫だよ……それに、一日じゃとても……いろいろまとめらんないし……うん、大丈夫……元気になったらあしたはとにかく会社にいって……でもってそっちに帰る……うん、そうする。大丈夫だよ恵美子がいるから……うん、わかった。うん……大丈夫、すぐ電話するから……」

ママは、すっごくはづきのことを心配してくれてる。

でも――

パパもだ。弟も。

弟は、いつでもとまりにきてやるっていってるけど。

からだおっきくなったっていってもまだ子供だし。

ほんとに、こんなことといったら悪いと思うけど……

すっごく心配してくれてるのがわかるんだけど、それが——

こんなに、ここであのイヤないたずら電話にずーっとなやまされてて、本当にもうノイローゼ状態なんだけど……

だけどママやパパがそれですごく心配してくれて、とにかくだからうちに戻ってきなさい、っていわれればいわれるほど、自分がなんで何があっても一人で暮らしたいと思ったのか、わかる感じがして……

あーっだからはづきは逃げ出したかったんだなあって……こういうこと、考えるのって、やっぱし親不孝なのかもしんないんだけどぉ。

なんか……息がつまるんだもの……

いつも見張られてるみたいで……

見張られてる……

見張られてるっていったら、アレも……

(はづきちゃん、おかえり)

(はづきちゃん、いま帰ったの？　遅かったね。きょうは、恵比寿の居酒屋に寄ったんだね)

（はづきちゃん、きょうの服、よく似合ってたよ……）

いつからだろう。

そんなにすっごく前からじゃない。ときたま、ヘンな無言電話もらうことはあったけど、そんなふうにすごいなりゆきになってきたのって、この――

頭が働かない。この一ヶ月くらいだと思う。

いつのまにか、毎日毎日かかってくるようになったあの声の電話。

じとーっとねばりつくみたいな、からみつくみたいな……おしのけてもふりはらってものびこんできて、どうしてもはづきにひっつこうとしてるクモの巣みたいな。

アイツははづきのことを、どこからか見てるんだ。

はづきがうちに入ってカギをあけて、電気つけてカギかけて……服着替えたとたんに、電話が鳴る。

もちろん、もう死んでもカーテンあけたまま着替えしたりしないし、カギかけわすれるなんてことは死んだってない。

でも――

（見られてる……）

そう思うのがなんかすごく……変な感じで、イヤで――

気が狂いそうに鬱陶しくて、はらいのけたいのに――はらいのけてもはらいのけてもかかってくるクモの巣――

ああ、やだ。

また、電話……

恵美子か。アイツか。ママか。

「はづきちゃん……」

アイツだ。

「はづきちゃん、愛してるよ……はづきちゃんもオレのこと、好きだよね……可愛いよ……愛してる。いつも見守ってるからね。はづきちゃん……はづきちゃん、今度デートしようね。はづきちゃん、きいてる？　はづきちゃん、鮎川優貴なんて悪いヤツだよ。あんなヤツのファンになっちゃダメだよ。知ってるかい……アイツはね、ホモなんだよ。アイツは、男の恋人がいるんだよ。アイツは、こないだ、男のマンションから明け方に男にもたれて出てきたよ。アイツは、ホモだから、はづきちゃんにはふさわしくないよ。アイツは……」

思いっきり、電話を激しく叩きつけて切る。

その音で、自分のほうがびくりっとした。

なんてこと！

どうして――

どうしてユウキのことまで――

はづきなんて無名の一介のファンだ。そんなに有名な追っかけのリーダーでもなんでもない。

だのになんでユウキのこと知ってるの。

おかしい。

なにかがおかしい。

どうしてコイツははづきのこと、何から何まで知ってるの。

きょうはここに帰ってるってことも――それは見張ってるのにしても……

どうしてユウキのことまで。

それどころか――

(鮎川優貴なんて悪いヤツだよ。あんなヤツのファンになっちゃダメだよ。知ってるかい……アイツはね、ホモなんだよ。アイツは、男の恋人がいるんだよ。アイツは、こないだ、男のマンションから明け方に男にもたれて出てきたよ。アイツは、ホモだから、はづきちゃんにはふさわしくないよ。アイツは……)

どうして。

コイツは、はづきを見張ってるの。それともユウキを見張ってるの。

どうしてそんなこと知ってるの。

でも嘘じゃないんだ。

だって恵美子がいったことと――

でもそうしたらユウキって本当に……

まさか。

浩司さんと……

そりゃ、浩司さんはカッコいいけど。

でも——

恵美子は、オトコとデキてるほうが、たとえばいま共演してる冴木瑠美とかと出来ちゃうよりか全然いい、許せる、っていうけど。

それは恵美子が変な子だから……

ああ、また。

また電話が鳴る。もう、ヤだよぉ。

「はづきちゃん……？」

（ああ……）

「あんなふうに話の途中で切らないでよ、耳が痛くなるし第一……第一悲しいんだよ、はづきちゃんに冷たくされると……」

（死んじまえ！）

「鮎川優貴の本当のコト教えてあげるよ。あいつはね、あの俳優の男と恋人どうしなんだよ。だからあんなやつのファンはやめなよ。もうじきそのこと、バーっと知られちゃうからね……さんざん恥かくよ、あいつ……芸能界にいられなくなるかも……ククククク……」

「なんでよ！」

思わず声が出てしまった。

ぜったいに、コイツには口なんかきいてやるまいって……ずーっと決心してたんだけど、つい……だってあんまりなんだもん。

「なんでそんなヒドいことすんのよ！　ユウキがあんたに何したのよ！　あたしだって！」

「はづきちゃんの怒った声、可愛い」

ヘンタイ野郎が云った。

「もっと怒鳴って。録音してるから、ずっときくから。ききながらコスってるから。早くはづきちゃんのオ＊＊コの中に入れたい。ほんとのはづきちゃんの中に入れたい。はづきちゃんの写真にかけてるだけじゃ感じないもんねえ。はづきちゃん、いつさせてくれる？　はづきちゃんのオ＊＊コに……ハヅキチャンの……」

「やめてーッ！」

気がついたら――

はづきは金切り声をあげてすわりこんでいた。

「どうかしたんですか？」

どんどんどん――

ドアが叩かれていた。

となりの人だ。しまった。

「どうかしたんですか？　どうしたんですか？　何かあったんですか？」

はづきそんなすごい声で悲鳴あげたんだ。

「なんでも……すみません……」

ドアを、チェーンかけたまま細くあけて……

なさけなくて涙出そうだった。

「ごめんなさい。ここんとこずーっと、イタズラ電話に……つきまとわれてて……すごいこといわれたから……」

となりの人は四十近いやっぱし一人暮らしの太田さんだ。ちゃんとそこは、両隣りは女の人のところにしたんだもの。

「あらまあ、いたずら電話！　いやーねえ、若い女の子が一人で住んでると思って」

太田さんは親切だった。でも、何の役にもたたない。

「気をつけてね。あんまり、ひどいようなら、番号かえるサービスあるみたいだし、警察いったほうがいいわよ」

「ええ……そうします。ごめんなさい、びっくりさせて……」

「気をつけてね」

太田さんはにっこり笑った。

何をどう……気をつけるっていうのよ。

はづきがなんかしてるわけじゃない。

それに、第一……

警察にはもういったんだ。

何もしてくれなかった。というか、そのくらいだとまだ事件にならないからって……パパがどうしてもそれは警察いけっていうからついてきてもらっていったんだけど……

警察は何かおこらないと事件として動き出せないですからね、っていわれただけ。

でも変なことがあったり待ち伏せされたりとかしてたらすぐ最寄りの交番にかけこんでくださいって――

そこにいければいいけど……

みんな、はづきが死ねばイイって思ってんでしょッ！

ああ……

どうしてこんなことになっちゃったんだろう。

はづきにはわからない。

はづき何も悪いことしていないのに――何も……

昌一　3

一……
二……
三…………
四……
五、六……七……
邪魔が入った。
前をイヤなババアが横切った。
もう一回、最初から数え直しだ。
畜生――
殺してやりたい。
邪魔しやがって……
一……
二……

三……

四……

五……

十、まで邪魔入らないで数えないと動き出せない。

命令がやってくる。あの命令がくると十まで何度も数えなくちゃならない。

一……

二……

三……

四……

五……六……七……

数え方が問題だ。

いつも——五と七のあいだに時間がかかりすぎるんだ。

それから十だ。

じゅう、と数えるべきときと、とお、と読まなくてはいけないときとある。

暑い。

一……

二……

三……

またた。

また数え直しだ。畜生、畜生、畜生。

もっとひっぱる、いわくテンソル……

これはなんだったかな。

そうじゃない。気持が散漫になってる。数えるんだ。数えるんだ。数えるんだ。

でないと踏出せない。

はづきちゃん……

あの娘がきょうは泊るらしい。お泊りセットをもって入ってゆく。

数えるんだ……

はづき　6

「やだ……」

本当はまだ、見たくない、みたいな気がしたけど……

でも目はどうしたっていってしまう。

「うわーっ！」

おもわず叫び声が洩れてしまった。

「ほんとに、ほんとに……こんなんだったの……」

浩司さんのサングラスは半分ずれて、目がなかばあらわれていた。

偶然にしてはものすごいカメラアングルばっちしだと思う。

すごい顔だ——というか、すごい思い詰めた顔だ。

はづきはちょっと呆然としてその浩司さんの顔を見ている。なんだか、気がついたら鼻がつうーんとなって目のなかが熱くなっていた。

「やだはづきちょっと！　何泣いてんのよ、はづきってば！　そんなに刺激強かった？」

「だって……そうじゃなくて……」

ユウキの顔は横顔で、あんまりはっきりした表情はあらわれてない。

とてもきれいないつもの横顔だったけど……

でもそれより、はづきの目をひきつけたのは浩司さんの顔だった。

その目――

(ああ。胸が……胸がきゅーっとなる……苦しい……)

(なんて目なんだろう。じーっとユウキを見ている……好きなんだ。浩司さんは本当に本当にユウキのこと好きなんだ……)

(本当に、好き……)

イヤだ、と思ってたはずなのに――

気がついたら、なんだか感動してる、なんてヘンな話だったけど……

ずれかけたサングラスから見える浩司さんの目が怖いくらい真剣で。

にらむようにユウキを見つめてて。

そんなに好きだったのか、本当なんだ、本気なんだ、と思ったとき――

ちょっとだけ、恵美子の気持が――

わかるような気がした。

「わかる？　ほんとわかるでしょ？」

恵美子は額をよせて写真――自分のとった写真をじっとのぞきこんでいる。

「あたしの気持すこしだけわかるでしょ……すっごいと思わないすっごいって。……すごいよこれ、すごい」

ほかのことばを知らないみたいに恵美子はいう。

でも——わかるかもしれない。

ひとを好きだっていうこと——

自分がユウキのこと、すごく好きだからかもしれないけど……

すごく、ひとが、誰かのこと、スキだっていう気持に——思い入れてしまうんだ。

それに……そういうふうに、愛されたい、と思ってるのかなあ……と思う。

あたしはまだ、ちゃんと男の人とつきあったことがない。

それに、そういうふうに誰かのことを、こんな苦しそうな顔するくらいに好きになったこともない。そういうふうに好きになられたこともない。

あーっ、冗談……あのイヤな痴漢男なんて、問題外だ、問題外。当然！

そんなヘンなもののことじゃなくて——

まともな恋愛の話、おつきあいの話で……

さそわれてデートとかだったらしたことあるし……

でも、なんか……コレじゃないなあって——だってときめかないっていうのかな、ちっともピッタリこなくて、それなりに楽しかったけど、でもああ、はづきはこの人と赤い糸なわけじゃないなあって……

まだ若い、まだ若いって思ってるあいだにこの年になっちゃってもうそうそう若いってわけじゃないし、体験してないのはづきひとりになっちゃって……

だからってあせってるわけじゃない。大事にしたい、と思ってる……そりゃ、ユウキにあげたいから守ってる、なんてみんなにいうのが全部本気なわけじゃないけど……

でも一割くらいは本気かも。

でも――

ユウキと個人的におつきあいしてるとこなんて、とても想像つかないし……

なんか、ときどき、ふーっとすごいさびしくなるの。

みんなたくさん友達って呼べる人がいて、でもって家族もいて、追っかけとかユウキファンの仲間もいて――

だけど、気がつくと、いろんな話、したくて何だか苦しいようなときに、この人にこういう話したらうるさがられるだろうなとか……

なんていったらいいのか、みんなと――「専門店のおつきあい」してるみたいな……おさかなは魚やさんで買って、お肉は肉屋さんで、コーヒー飲むのはここのサテン、みたいな……

……

ユウキのことは恵美子と、仕事のことはサチコと、映画見にいきたいと思うとユウコと、みたいな……

なんかみんな友達なんだけど……たしかにときたますごくうちあけた話とかだってすることもあるし……いい友達で、好きで……

でも――さびしかったりして……

だからって「いのちの電話」に電話するようなことじゃないしってみたってしょうがないけど。

ときどき思うの、だから何もかも抱き取ってくれる彼がいたらいいのにって……

愛する、愛し合う、恋愛する、って――なんかすごくあこがれてるけど……恋いしたいなっていつも思ってるけど……

それでいて、どういうのが恋愛なのかってなんかよくわからないみたいで……

だからすごく――だからすごく……

「なんかはづき……浩司さんうらやましい……」

「浩司さんがぁ？　ユウキがじゃなくてぇ？」

「うん……浩司さんがなの。だって浩司さん、ホントにユウキのこと、好きなんだあ……こんなせつなそうな顔するくらい好きなんだあ……そう思ったらなんかさあ、泣けてきちゃって……」

「だよねだよねー？　だしょ？　だからいっただしょ？　そのキモチすっごくよくわかる。やっぱはづきならわかってくれると思ったんだ……」

「はづきならって……あらでも恵美子彼いるじゃん」

「彼たってさあ……ヒロシのことでしょ。よくわかんないんだよねー……」

恵美子は写真を見下ろしたままなげやりな声を出した。

「なんか最近ことにあいつの考えることとってついていけなくなっちゃってさあ。こんなのが恋なんだったら——やっぱしずいぶんあたしの人生ってつまんないなーみたいに思えてきて……」

「なんだぁそれ。贅沢もん」

「そうじゃないいんだってば。なんていうんだろうなあ……ちょっと、違うんだよ。こういうのと違う——浩司さんとユウキみたいのと違う」

「わかんないじゃないの本当は両思いなのかどうかなんて。浩司さんがユウキのこと好きだったのってずっと前から有名だったもん、片思いじゃないの。ユウキって前から絶対自分はオトコはヤだっていってんじゃない」

（アイツはね、ホモなんだよ。アイツは、男の恋人がいるんだよ。アイツは、こないだ、男のマンションから明け方に男にもたれて出てきたよ）

やめて。

ききたくない。

この話は……恵美子には絶対しないんだから。

第一本当かどうかなんて……

「でもあのときのようすって絶対もうデキちゃってるって感じだったよ……浩司さんのようすがなんか違ってたんだよ。すごく違ってた……そういうのなんていうの？　わかるじゃない。ニオイでわかるじゃない」

「あたしわかんない」

「はづきは未経験だからさ。……なんていうのかなあ、浩司さんの態度が全然違ってたのこれまでと……あたしは、あの晩、あのふたりなんかあったと思う。普通じゃなかったよ……ユウキがなんだかすっごく疲れた顔しててね……蒼ざめた顔しててね。でもって浩司さんはずーっとユウキをすごい目で見つめてて……ああ、すてき……ドラマの一シーンみたいで……」

「恵美子同じことばっかしいってる」

「だってなんかすごく……スゴクそう思っちゃったんだもん。それが――それが……そうね、それが一番、すごい感じたんだよ。あたしとヒロシとかって……なんていうのかなあ、絵にならない、っていったらヒロシにわるいんだけどさあ……別に嫌いなわけでもなけりゃ、一応つきあってもいるわけだし……それなりに、結婚なんてコトバ出てくるくらいには……嫌いじゃないよ。スキだと思うよ……でもね、ドラマみたく……恋愛小説とか恋愛映画とかさ。そういうのと全然違うじゃない。もっとすっごい、なんていうの日常的っていうの？　おマエ次の休みいつー？　とかさあ、してても おマエまた生理かよ、サイテーとかさあ、ドラマみたく……キレイじゃないじゃない」

「しょうがないじゃない。ドラマって作りものなんだから。キレイなとこばっかピックアップしてつくってあんだから。現実は――そういうふうにいこうったって無理だよぉ」

「だから、現実がそういうものだから、イヤなんじゃない。夢を見たいんじゃない。――浩司さんとユウキ見てて……それってなんかすごく、ああ、これなんだってあたし思っちゃったのよォ」

「でもさ……わかるような気はするけど、でも……」

「ヒロシだってあんなごくごくパンピーな男だし、あたしだって……まー普通だよねえ。べつだんすっごいブスとかいうわけでもないし……普通だよねえ。だからかなあ……なんかすごく、ヒロシでなくてもいいんじゃないのォって感じがしてさ……ヒロシでなくちゃいけない、っていう《何か》が感じられないのよォ」

「それって、ただ愛してないっていうのと違うの、恵美子」

「かもしんない。ただきっとあたし、ほかの人の手前、あたしだって彼いるんだっていいたかっただけかもしんない。そういいたいだけでヒロシとつきあうようになったのかもしんない。――考えてみたらどうやっていつのまにヒロシとつきあってたのかよく覚えてないんだ。……正式につきあいたいって申込まれたこともないし……一緒にあっちこっち遊んでて、ズルズルってなっただけで……だからあたしいつも、ホントは、ヒロシといるときよりか、はづきたちとユウキの追っかけしてるときのほうが全然燃えてるし、ときめくし、充実感あってさ。だからよく考えちゃってたの。こんなんでヒロシと結婚したら絶対それってヤバいよって」

「そりゃ、ヤバいよ。絶対。マジで」

「でしょ。だからマズイ、ヤバイって思うのよォ。またヒロシのほうはあーいうヤツだから、夢にもあたしがヤツとのつきあいになんか不満があるとかって思ってもいないしさあ。完璧満足させてるっておひとよしに信じちゃってるから……そういうとこはなんかまた可愛くてしょうがないなあって思ったりしちゃうんだけどねえ」

ふーん……

そういうものなのか。

はづきにはまだわかんないけど……

「なんかね……『このまんま一生たいしたかわりもなくていくのかなあ』って思うのよ。たとえヒロシと別れても……当座は淋しいし失恋したって思ってけっこうそれなりにさわぐかもしれないけど結局また似たりよったりのオトコとなんとなくつきあうようになってさ……それともこのまんまズルズルいくかもしれないし……で一生このまんまあんまりたいしたこともおこらず、ときめきもせず……なんかそれだと……なんのために生まれてきたのかなーとかって……思うわけよ。本当は……あたしオトコに生まれてたらなー、よかったのかもなー」

そう思ったことは一回もない。

「へえ、はづきないんだ」

「ないよぉ、だって男に生まれたらユウキと会えない――っていうか会ってもユウキのファンになれないじゃない」

「でも浩司さんみたいになれたかも……」

「ねえ……本当に、本当にユウキって浩司さんに……ヤられ……ちゃったのかなあ……」

すごいことばをいうなーってわれながら思うけど……

でも、なんか……

そう思うと、それって——ユウキの自由意志じゃない感じがして……

でも、できちゃった、っていうとユウキのほうもそれ受入れてるみたいな気がするし……

でも、犯された、なんていったらあまりにも……なんか衝撃的にリアルで……

でも「愛し合った」なんてなおさら——認めたくないし。

「確かにユウキってなんか女のコっぽいとこがあるから……わからなくもないんだけどね、たとえば浩司さんみたいな男っぽいワイルドな人がそういうふうにユウキのこと好きになるのとかって……でも、やっぱしドラマチックだなあ……」

「ドラマね……」

本当は——

自分がドラマの主人公でいたい、んじゃないんだろうか。

本当にいつだってこうやって、ひとのドラマを見てるだけであたしたちは満足なのかしら。

追っかけて、くっついて、手をふって、チケット買って、見つめていて……

それは、見つめてほしいから、こたえてほしいから、近づきたいから、愛してほしいからなんだろうか？

恵美子には彼がいる。

だからよけい話がややこしいかもしれないし、よけいはっきりするかもしれない。

はづきにはいない――だから、はづきは……

もしいま、ユウキのおっかけ、っていう中心点みたいなものがぽかーんとなくなったら……

はづきは本当に、なんか……どこにもいなくなっちゃうんじゃないか、って気がするの。福永はづき、っていう二十三の女のコが、どこにも……それともたくさんたくさんいる同じような女の子たちのあいだに沈んでいって――見分けがつかなくなっちゃうか――はづきのもの、はづきだけのものなんて――何もないもの。

何もない……

もしかしたらはづきだけのものなんて……あのイヤな痴漢のヤツだけかもしれないなんて……

「どうしたの」

びっくりしたように恵美子がいった。

「何、泣いてんの……あんた、泣いてんじゃない！　はづきどうしたのよ――泣くほどこのこと、ショックだったの？」

「かもしんない……でもそれだけじゃなくて……」

言えない。

それは、恵美子にも説明できないし、わかってもらえるとも思えない。

だってはづきにもわからないんだもん。いったいなんでそんなふうに思うのか、何が悲しいのか、なんでこんなに——

なんでこんなに絶望してるのか……

絶望？

なんでそんなことばが……

でも、そうだった。

絶望——

（ユウキが好き……）

あたしは、その、ユウキのほうはわずかに名前だけ記憶してくれた、その一ヶ所にしか存在してないのかもしれない。

パパ、ママ、弟、友達、恵美子、ほかの友達——ちょっとだけつきあってみた人とか——みんななんだか、書き割りの人形みたいに遠くって、それに——はづきが身をもたせかけていったらぱりんて割れちゃいそう。

でもむこうももしかしたらはづきのこと、そう思って見てるのかもしれない。

だとしたらあたしたちはみんな、書き割りの紙でかいた人形どうし。

変なはづき——いったいどうしちゃったんだろ。なんでこんなこと思うんだろう。らしくもない……

ああ。

この写真のせいだ。あんまり激しくて、なんていうんだろう、あざやかにここにあるこの——この二人のせいだ。

このふたりだけが生きてるみたいな感じがして……自分はなんて何も持ってないんだろう、なんてとおりいっぺんに存在してるんだろうって……

恋、したい。

あたしは、恋がしたいんだ。

激しく愛したり、激しく愛されたり……

何もかもまだはづきには、想像のなかだけのことで……

もしかしたらはづきはまだ生まれてないのかもしれない。パパとママのふところのなかで、まだ生まれてないままずっと二十三年も生きてきてしまったのかもしれない。

でも、はづきは、生まれて、生きはじめることって本当にあるんだろうか。

そう思うとなんかすごく悲しくなって、あとからあとから悲しくなって……

ああ。

（ユウキでいるのって……どんな感じなんだろう……）

たくさんの人に愛され、求められ、崇拝の目で見られ。

浩司さんみたいな人に激しく愛され、こんな熱い目で見られ、夜明けの駐車場で激しく抱き寄せられて——映画の、それこそ恵美子じゃないけどドラマの一シーンみたいに劇的に——引き寄せられて、キスされて——

その一瞬て……どんなに熱いんだろう。どんなに、ああ、生きてる！　って思うんだろう。

いまこそ、はづきにははっきりわかった気がしている。

どうして、鮎川優貴でなければならなかったか――沢村健一でも緑川純でもなく鮎川優貴でなければならなかったか、っていうわけが。

（あたしは――あたしはユウキになりたかったんだ）

（あたしは、ユウキでありたかったんだ）

ユウキがすごく自由に、美しく、激しく、そしてみんなに愛されて、すごく激しく熱く生きてるようにみえて。

いや、きっとそうだと思う。あれだけ激しくひとをひきつけ、魅力的なんだもの。

ああいう存在である、っていうのは、どういう感じなんだろうか……

（ユウキに……なりたかった）

決して、知ることはないだろうけど……

あたしがなりたかったのは、《特別な存在》であることだったのか、と思う。

それがだめならせめて、《特別な存在》にとっての特別な存在であること。

ユウキが――特別な存在である、みんなの王子様であるユウキが福永はづきのことを、愛してる、といってくれたら――好いてくれたら――求めてくれたら。

そうしたら、はづきは――

そのときはじめて存在することができるのじゃないかって――

それまでのはづきってただの影法師みたいなもんじゃないのかなあって……

そう思ったらとめどなく悲しくなって、あとからあとから涙があふれた。

恵美子はびっくりしたみたいだけど、でも途中から、なんだかわかった、わかったみたいなことをいってずっと背中を叩いててくれた。

恵美子は、いいな。

たとえどんなに――平凡なぶさいくな男でも、つまんない恋でも、とりあえずはヒロシ君はいるんだもん。

はづきには――

はづきには何にもない。

何にもないよう。

優貴　5

「入んなさいよ。ユウキ」

声をきく前からイヤな予感がする。冷たいにがいものが背中につきあげてくる。

社長にこういうふうに呼ばれるときにはろくなことがないんだ。これまでいつもそうだった。

それにそうでなくても、ここんとこ、スネの傷は多すぎるくらいで――

「お座りなさいよ」

僕は社長のデスクの前にちんまりとおかれた椅子に腰をおろす。その椅子はかなり低めで、だもんでそこに座ると僕は社長よりかなり座高が低くなる。つまり見下ろされるわけだ。僕はべつだんのっぽでもなんでもない、どっちかというと中肉中背だろうと思うけれども、女で年寄りの社長よりはもちろん背が高いから、だからたぶん社長はイヤなことをいいだす前には必ず僕を座らせて自分より背を低くするんだろうと僕は思っている。

「あんまり時間がないのよね。このあとなんか入ってたでしょう、鮎ちゃん」

僕のことを鮎ちゃん、などと妙な名前で呼ぶのもこの人だけだ。もうこの事務所に入ってけっこうたつけれどもいまだにこの人には僕はなんとなく馴染めないのはその妙な呼び方のせいもあるんだろう。

「ええと、オーディションがあるっていわれてますが」

「オーディションね。本当ならもう、そんなものに出なくてもいいんだけれどね。オーケイ、それじゃ、早めに話すませるからね。ドアしめて」

「あ、はい」

僕は立っていってドアをしめた。もとの椅子に僕が戻ってきて座るのを社長は注意深い目つきで見守っていた。見守られて僕はひそかに苛立ったが黙って座った。

「どうも、まずいことになってるみたいね」

荻野さんはゆっくりと指を組合わせ、僕をじっと見ながらすぐに問題の核心を口に出した。

「まずいこと――ですか」

「すごい噂になってるよ。アナタ、田所浩司と――出来ちゃったんだって?」

「よして下さいよ」

僕は覚悟はしていたものの、かっとなっていった。

「僕はホモじゃありません。田所さんは確かにずっとこのドラマのあいだじゅう僕に、そのう、なんていったらいいんですか。迫ってましたけど、僕は断固ホモになるつもりもなけりゃ、男と出来るつもりもないですからずっと断ってました」

「でも、ファンクラブのあいだでもたいへんなうわさになってるよ。鮎チャンが田所浩司に

――そのう、卑俗ないいかたして申し訳ないけどね――ヤられちゃったらしい、って」

「俺が女役だっていうんですか」

　僕はさらにかっとなって思わず立ち上がった。

「いい加減にして下さいよ。俺そんなに――おカマっぽく見えます？」

「見えないこともないわね。田所浩司に比べりゃね」

「よして下さいよ！　これでもまだ独身なんですからね。ヘンなうわさたてられたら、このあと結婚にまでさしつかえちゃう。俺はホモなんかじゃないですよ」

「と当人がどういいはってもさ――あたしたちがそう信じるのかどうかってのとは別に、ウワサってものがあるでしょう。――君なんかまだこの業界日があさいからわからないかもしれないけど、噂くらいこわいものはないのよ」

「わかってます。それはもうイヤってほどわかってます。だけど、どうすりゃいいんですか。記者会見でも開いて、鮎川優貴はホモじゃありませんて発表すればいいですか。しろっていうんならしますよ。そんなウワサ、かげで流されてるの、俺やだもん。冗談じゃないですよ」

「全然心あたりないの」

　するどい荻野さんの目がじっと僕を見た。何の幻想もない目つき――商品、というよりも肉牛かなんかを値踏みする目つきだった。たしかにその目が僕の股間のあたりにもむけられた、と感じて僕はなんともいえない気分だった。

「冗談じゃないですよ。マジで冗談じゃないです。いますぐ田所浩司に電話してふざけるなっていって詰問してやりますよ。いったいどうすりゃいいんですか、そんなウワサ流されて」

「熱くならない、熱くならない」

荻野さんはばかにしたようにいった。僕はくちびるをかんでじっとこらえた。

「まあ、顔立ちがキレイでそれほどワイルドでゴツイってタイプじゃなけりゃ、この業界必ず出るウワサだけどさ。半分以上は、じっさいこの業界に多いホンモノのホモ連中の願望なんだよ。アナタなんかデビュー当初から、あたしはよくきかれたもんよ。あのコはどっちなのってさ。振付の先生だのデザイナーの先生だのに。アナタはホモにもてるみたいだねえ」

「冗談じゃないですよ。俺バリバリの女好きですよ。証明したってい……」

いいかけて僕は思わず黙る。誰が証明してくれるだろう――冴木瑠美には結局あれきりだし、そういえばここんとこ、僕は二、三年ばかり誰も特定の女性とつきあっていなかったんだ、ということに気づく。

欲望処理――か。それもあんまりだな……第一いきなり売出してきてそんな時間ありゃしなかった。

だからって――

「そんなもの証明しなくたっていいよ。そっちだって立派にスキャンダルになるんだから」

荻野さんはイヤな顔をした。もう年齢は六十から八十のあいだならいくつでもとおるような年だ。女怪、とこっそり松井なんかは陰口をたたく。年のわりにはまだそれほどふけこんだ感じはしないが、ちょっとやっぱり妖怪子泣きじじいのばばあ版、といった感じはする。まっ茶色にそめたショートヘアの髪の毛がつんと立っていて、モダンな外国ばあさん、みたいな感じでもある。

「スキャンダルはごめんだよ。アナタはスキャンダルを餌にして成長してゆく、なんていう昔ふうのタイプじゃないんだからね。――うちでは一応王子様路線で大事に育てようとしてるんだから。田所浩司の話はあたしもきいてるけど、もっと、なんていうのかね。賢く逃げられなかったの」

「賢くって……だから、何もないんだから逃げるも逃げられないもありませんよ」

「ねえ、鮎ちゃん」

荻野さんはぐいと身をのりだした。そのしわの奥に隠れたちっこい目がぎらりと光った。

「あたしはアナタをあずかってる事務所の社長なのよ。万事、アナタにとって悪くと考えるわけがないじゃない。だからせめて、あたしにだけは何も隠さずにいってほしいのよ。べつだんあたしのほうは、アナタがホモだろうがおカマだろうが知ったことじゃないから。ただしそれならそれでとにかく作戦を考えておかなくちゃいけないからね――ヘンな話だけど、渡辺がいうんだけど、ホモのうわさなんてものは、少しばかりたってもいまどきの女の子ってのは妙だから逆に、ほれ事……事務所の子たちみたいに、そのケがある、コンビどうしがなんだか仲がよすぎてもしかして……なんてウワサがたつのが人気のバロメーターになったりするくらいで、多少のホモっけなんていまどきのアイドルには必要なんだ、っていうのよ。妙な話だねえ、あたしにはとんとわからないけれどね」

「俺はそういう――俺はそういうコトで人気になんかなりたくないし、第一俺はこれまで自分のこと、アイドルだなんて思ったこと――アイドル路線だなんて思ったことないですよ。アイドルやるには年くいすぎてるじゃないですか」

「そりゃ、そのとおりよ。二十四はもうそろそろアイドルって年じゃないよ。アイドルで売出したってそろそろ方向転換考えてなきゃ困るトシじゃないの」

「それに事務所の方針だって――俺は、ちゃんと――なんでもできる俳優になりたいわけだし――それに……」

「でも、とにかく、いまんとこうちの事務所でやれ女の子からのお手紙だ、プレゼントだ、出待ちだって話があるのは鮎ちゃんだけなんだからね。これまであたしもずいぶんおおぜいタレントさんを手がけてきたけど、アナタみたいな展開した人ははじめてだったし――かなりこれは予想外だったからね、いっちゃ悪いけど。だからそれだけにアナタについちゃ神経質になるのよ。このさきどういうふうに売ってゆくのが一番いいんだろうってね。まだ若いだけに」

「………」

「だからアナタの私生活まで管理する気は全然ないよ。ウチの事務所はそういうんじゃないから。ただ、それが仕事にかかわってきちゃうとなるとね――」

「……………」

「沢渡尚から電話かかってきちゃってね」

「沢渡さんから——？」

思わず声が大きくなっていた。

このあいだ、田所浩司が、冴木瑠美は沢渡ディレクターのコレだ、といってから、ずっと——一回収録があったけれども僕はずっと二人のようすを注目して見てしまっていたけれども、確かにこの二人はオトナなんだ、ってことは認めざるを得なかった。

収録の様子を見てるかぎりでは、このふたりのあいだに何かあるなんて、どんなに炯眼でも見てとることはできなかっただろう。それほどふたりとも普通で——冴木瑠美は僕に妙にやさしくて——

「いったい、どんな？」

「田所浩司の様子がおかしいってさ。そんなこと、あたしの知ったこっちゃないよって云ってやったんだけど——あたしは沢渡尚なんてアイツがまだADやってるころから知ってるんだからね——そしたらむこうが笑って、なんだまだきいてないのかって——田所がおかしくなったのはおたくの秘蔵っ子のお坊っちゃんのせいでしょう、だから知ったこっちゃないってのはないいんじゃないの、って云われちまったのよ」

「………」

「このままじゃ——主役があの様子じゃ仕事にならないから、とにかく——べつだんどうでもかまわないからこの収録がおわるまでは、もめないように鮎川くんを説得してくれないかっていわれちまってさ。——冗談じゃないよってあたしはさっきのアナタみたいにいったのよ。あのコは、うちの鮎川はホモの田所の相手するようなコじゃありませんよ、まっとうなコですよってさ。そうしたら沢渡尚の野郎がなんていったと思うの」

「………」

「まだ知らなかったんですか、すごく有名ですよ、こないだ田所浩司の部屋から明け方にユウちゃんが出てきて——田所とふたりでファミレスいって、キスしてたっていうの、って——どうしてマスコミに出ないのかっていったらあまりにも直接的すぎてスキャンダルにもならないからじゃないかな、シャレにならないもんねえってそういわれちまったのよ」

「………」

明け方に、部屋から出てきて——

二人でファミレスでキス——

僕は煮えるようなものがゆっくりと足のさきから全身にゆきわたってゆくのをじわじわと感じていた。

これまで感じたことのないもの——

殺意、といっていいもの。

あの女——

ファンだ、なんてほざきやがって。

サインまでしてやったのに。

許さねえぞ。絶対許さねえぞ。あの女。

お前には、お前なんかに俺の私生活に小汚え首をつっこむ資格なんかありゃしねえんだ。

よくも――

頭にきたのは、知られたことじゃない。確かにそれは――一服盛られたっていおうが、なんといおうが、それは自分のバカやドジのせいで、自分が招いたことだし、社長にもマスコミにも言えない話だけれども、田所浩司と寝てしまった、っていうのは本当の話なんだからしょうがない。田所浩司とはその後、ぜんぜんなんもなかった、っていったらたぶん嘘になるんだろう。僕のほうではもう、そのあとはかなり決定的に避けてたんだけれども、田所浩司のほうは、もう「本気だ」と宣言してしまった以上は、って気持があるらしく、そのあとはかなり猛烈な勢いで僕のことを追っかけまわしていた。

毎晩のように電話が入ってくるし、携帯にも追っかけてくるし、会いたい、会いたい、の一点張りで――正直いってこれには僕はちょっとノイローゼぎみになりかけていた。田所浩司に持っていたさいごのわずかばかりの好意もここんとこのそのしつこい猛追にあって相当ダメージをうけるくらいにだ。だけどとうとう――それこそうちの前まできて張込んでたりするもんだから――いっぺん、泣き落としにかかって――あれはこないだの収録のあとだ、どうしたって共演してておまけにカラミの多い役だから、時間帯が一緒になる。アガリが一緒だったもんで、そのあと二人で飯だけつきあえっていわれて、でもって今度は一服もられたりダサいことのないように気をつけてたんだが、もしかしたら俺ってダメな奴なんじゃないだろうか——とあとでさんざん落込んだことには、結局すごい飲まされて——それも考えてみりゃあ、泣かれて、泣き落としにかけられて、それについついひきずられるみたいにして、あとから考えるとそこまでもしかして考えてやがったのかなこのヤロー、みたいな感じだったんだけど——で、結局大酔っ払いになって、気がついたら——ひらたくいうとまたもう一回、やつのうちで——やっとヤっちまってたんだ。これはもうあんまり思い出したくもない話だったけど……まあとにかく、裏を返しちまった、ってのは——一生の不覚、だったかもしれない。

僕のほうでも、どうせもうヤっちゃったんだし、ってガードの甘い部分はあったかもしれないけれども、ちょっとあとでゾーとしたのは、こんなこと、へたにくりかえしてると本当に俺ホモになっちゃうかもしれないぞ、ってことで、だもんでそのあとからは、また田所がどんなにしつこくいってきても、絶対ダメ、っていう体制をとって、そのあとは一週間くらいは、それこそ電話にも出ないし——留守電にしたままで田所だとわかったら出ないとか、松井にも事務所にもガードさせておいたし——松井はニヤニヤしていたけど——それにまあとにかくあと一回で収録おわりだし最終回はたぶん打ち上げになるだろうし、それが終わればもうこんなどぐされ縁、絶対おしまいにしてやるんだ、って思ってたから——

なんだっけ——ああ、だから、ともかく二回とはいえ——一回限りじゃなかったってのがなおのことなさけない——本当にしちまってはいるんだし、ソレと「ホモになること」は全然違うんだ、っていくらいったって、わからねえ奴にはわからねえだろうし――田所浩司が真剣なんだってことはもう僕にはよくわかってしまっていたから、なおさらそういう、同性だ、男だ、ってだけで白い目で見る連中と同じ気持にはもうなれなくなっていたけど――だから、僕が本気でアタマにきたのは、僕と田所浩司がホモだ、っていいふらされたことじゃあなかった。というか、それだってアタマにくるけど、それは、ある意味したほうが悪い、っていう気持がなかったわけじゃないし、一方でまた、だったらどうだってんだよ、みたいな気持があったのも――オレはお前らのために生きてるわけじゃねえんだよ、というような――

僕が一番あたまにきたのは、あの女が、好奇心をみなぎらせて僕の人生にかかわってこようとする、その首のつっこみかたで――

(お前と俺に何の関係があるんだ！　お前がたまたま俺のワンフだからって、なんで俺がお前にそこまで云われなくちゃならないんだ！)

いやだ。

なんだか、じわーっと真綿で首をしめるみたいにいろいろなものが近づいてくる感じ。

それがものすごく、ものすごく、ものすごくイヤだ。

(自由でいたい)

その僕の気持をさかなでするように、じわじわとすりよってきて、僕の両足にからみついてくる、みたいな――

片足に田所浩司、もう片足にワンフの助平なのぞき屋の女どもにしがみつかれてオンブお化けにべっとりからみつかれているみたいな、その感じが僕を逆上させるのだ。

「とにかく、マズいことになったね」

荻野さんがだめをおすようにいった。

「あたしは正直、これまでこの業界長いからね。いろんな連中を見てきてるしこのトシまでいろいろやってきてりゃさ——べつだん、ホモはホモで、おカマはおカマで何だっていいよ。そんなもの毛嫌ってたらこの業界でメシなんざ食っていかれやしない。だけど、いま、これは——いまみたいなかっこで噂になるのは、困るのよ、鮎川君。おまけに沢渡といえばやっぱりいまは第一人者だからね。これから先だって——アナタ以外のウチの子だってお世話にならなくちゃいけないわけなんだからね。——あの男は性格は本当に悪いけど、扱ったタレントを人気出させるに関しちゃちょっとした天才だからね。アナタだって『土曜日の殺人者』のおかげでこんだけ人気あがってきたようなものなんだからね。——だから、沢渡にそういうふうにいわれたからにはこっちもあと一回とはいえなんとか切り抜けてもらわなくちゃ困るし、それに——それに、田所浩司については——困ったわねえ」

荻野さんはしかめっつらをした。

「沢渡はバカなことをいってたよ。天性の妖婦——の素質があるんじゃないですか？　とかってね。田所とはあのしとは長いからね。デビューから面倒見てるんだから。……コウちゃんがあんなになったの始めてだ、これまでずいぶんあいつの男関係についちゃ尻ぬぐいもしてきたんだけど——もっと下品な冗談いってたけどさ、困ったもんだね——なんだかまるで病気みたいになっちゃってるってさ。あと一回、なんとか無事に収録させてくれさえすればって頼まれちまったのよ。そのためにもし——もし、どういう状態になってるかわからないけどもしアナタが田所をフッててさ。そのために田所がああなっちゃってるっていうんなら、申し訳ないがそれだけの埋め合せはするからとにかくあと一回の収録おわるまではフらないでくれないかっていうのよ——まぁ勝手な理屈っちゃ勝手な理屈なんだけどさ。でもそのかわりに、マスコミのほうは適当におさえてあげますから、っていうんだから、アナタにもあたしにも悪い話なわけじゃないやね。そうじゃない？」

「…………」

なんだか——

よくわからないけれども、すごくイヤな気分がした。

じわじわと首をしめる真綿——

それだけじゃなくて、何か——どろどろと汚らしい、どうしても触られたくもないようなそんなアメーバ生物みたいな何かがあちこちからせまってきて、僕を少しづつひきずりこみ、汚し、飲み込もうとしておそいかかってくる、にじりよってくる、みたいな——

事務所の社長も、マネも、ＴＶ局のディレクターも——田所浩司も、いいなと思っていたのに結局ディレクターの女だった冴木瑠美も、そして僕を局の前でまちぶせているファンの女たちも——

みんなが、敵なんだ——僕はたった一人きりだ、という感じがすごく強くした。

僕は黙ってうつむいていた。なんだかすごい無力感というか、脱力感があって、何もいたくなかった。なんでもいいから勝手にしてくれ、というような——気分。

僕は、何も持ってない——何の力もないんだ、というような——気分。

すごく無力で——すごく、どうにもならなくて——

ただ、怒りだけがひそやかにとぐろをまいていていまにも腹を食いやぶってしまいそうな——

ワナにかけられた獣のような。

「僕に——どうしろっていうんです」

僕は自分が奇妙にしわがれた、いつもの僕とは全然違う声で喋っているのをきいた。

「僕に——田所浩司のご機嫌をとれっていうんですか。この収録が無事に終わるまで、田所とつきあっててくれ、イヤな顔をするなって？　でも外にたいしてはホモだ、なんてうわさが立っちゃ困るから、ホモだといううわさはなんとかしろ、って？　そんなの、云わせてもらいますけど僕に惚れてうるさく追っかけ回してるのは田所さんですよ。僕はいやでいやでたまらないんだ。だのに、僕がご機嫌とったり——おまけにホモだってうわさがたってる、これはまずいっていわれても——うわさ立てたのは僕じゃないし、立ててくれと頼んでもいませんよ。第一それで僕が田所さんのご機嫌とれば、よけい田所さんは僕にベタベタするだろうし、そうしたらよけいうわさになるわけでしょ。でも僕がみんなの前で、きさまのおかげでホモよばわりされちまったじゃないか、ふざけんなって殴りとばしでもしたら、あっちもこっちも大騒ぎになっちゃうわけなんでしょ。僕にどうしろっていうんです。――うわさにはなるな、でも田所さんを怒らせるな、っていうんですか？」

「そういうことよ、坊や」

荻野さんが云った。

その目が厳しく光るのを見て、僕は一瞬、どうしてこの女怪物を少しでも信用していたんだろうという気持になった。やっぱり業界に巣くう怪物なんてものは、怪物でしかありはしないのに。

「そうかんたんにいってくれるとはっきりしていいけどね。あたしのいいたいのはそういうことよ。うわさにはなるな。でも田所浩司を怒らせてもらっては困るの。それに沢渡尚もね。……あえていうけど、もしアナタがホモなら、それともホモも我慢できる、っていうんならそれはそれでいろんな使い道があるよ、そのことには。それにあたしは別に当人がプライヴェートにやってる分にはホモだろうがレズだろうが獣姦しようがちっともかまやしないわよ。でもね、ウワサは困るの、ウワサは。本当でないウワサならなお困るのよ。本当だけどウワサにならないことよりずっとね。わかった？」

「……わかりました」

僕はにらむように荻野さんを見つめながらいった。ほかにどう言いようがあっただろう。

僕は要するに商品にすぎなかった。

「わかりました。ようく、わかりました」

いつか、出てってやる。

僕は、ひそかにそう思いながら、じっと荻野さんのガラス玉みたいな目を見返していた。

窓の外から急に、救急車らしいサイレンの音がつんざくように、僕にかわって悲鳴をあげてくれたみたいにするどくひびいてきた。

ユウキ　6

「さんざん、しぼられたの？　ユウちゃん」

松井が冗談めかして寄ってくる。口をきく気にもならない。

「どうしたの――顔色、悪いよ」

「うるさいなッ！　ほっといてくれよ！」

僕は怒鳴る、というほどの勇気はずっと年上の松井にむかってはとても出なかったが、僕としてはできるかぎりの大きな声を出して、そのままジャンパーをつかみとった。

「もう、行くんだろ。早く、出かけるよッ」

「おー。姫様ご機嫌斜めだ」

（ひとのことを、姫様だなんていうのよせよッ！）

女顔だ、色白だ、おとなしそうだ、キレイだ、といって、ときたまお姫様だのお嬢様だのユウキ姫だのというやつがいる。ファンのなかにもいる。いまの僕にとってはそれはただの冗談ではききずてにならないほどカンにさわる、逆鱗にふれることばだった。

だが、（そんなことというなよ！）ということばはなかなか口から出てこない。それが僕の一番いけないところなのかもしれない――かっとなると何をしでかし、何を云い出すかわからないくせに、その一歩手前まではなかなか本当に思ってることとかを言えないでブリっ子してしまうのだ。だからきっと、荻野さんにも田所にもそういうふうにナメられてしまうんだろう。

ナメられて――

僕はぞくっと身をふるわせた。

最初に薬盛られて、それで半分ヤケになってしちまったときには、なんかまだ、なんとなく、田所浩司のそのマジの真剣さ、情熱、みたいなもんに圧倒されてて、ちょっとほだされてる、みたいなとこがあったと思う――オトコだからとか、そういうのと全然別に、とにかく自分を愛してくれる、っていうことへの特別視みたいなもの――

僕はたぶんそういうもの、自分を愛してくれる、特別だと思ってくれる、ということに異常に価値を見出してしまうんだろう。

それはまた、いつもああして何時間も赤の他人の僕のために費やして雨のなかでも雪がふっても局の前で、事務所の前で、僕を待っているあの女の子たちのなかにも見出せるものだった。

あの子たちと田所浩司と、まったく同じようにいまとなっては僕には思えている。

どっちも僕を愛してくれて――そのことに僕があいてをつい特別視してしまうと――僕を愛してくれてるんだから、ということでついつい受入れてしまうと――どんどん僕のなかに踏込んでくる。入ってくる——否応なしに僕を——侵そうとする。そうしてどこまでも入ってきて——さいごには僕があいてを憎んで拒むところまでいってしまうほかはなくなってしまうくらい、どんどん、いつまでも、ずかずかとひとのなかに入ってこようとして——

どうしてなんだ。

いったいどうして、そんなことができるんだ。

僕くらい自由でいたいと願ってる人間はいないだろうに——

だからなのか？　だから、かれらは《僕》なのか？　かれらは僕が自由でいたい、踏込まれたくない、侵されたくない、そう願えば願うほど僕に踏込み、侵そうとして近づいてくるのだろうか？

なんだかイヤでたまらない。イヤで気がくるいそうだ。自分が田所に二回（意識のないあいだのことなんか責任はもてない）身をまかせ——なんていういいかたはしたくない、とりあえずセックスしちまったということまでが、なんだかまるで自分の皮ごとひっぺがしてその記憶をからだじゅうから、中からも外からも洗い流してしまいたいくらいイヤでイヤでたまらなくて——

何もかもに僕は苛立ち、怒り、拒否している——と思う。

だけどそれはそんなに不思議なことだというのか？　僕のほうが普通なんじゃないのか？　そうやってひとにふみこんでこようとするやつのほうが病気なんだ。僕は一回だってそうやってひとにふみこんでいこうと思ったこともないし——無理やりにふみこんだことだってない。

（遠いんだよ……）

僕を不安にした、田所浩司のことば。

汚い、と思う。

そんなことばで僕を不安にして――そして、勝手に入ってきた。踏込んできた、侵そうとした――力づくで、それから薬をつかって、それから泣き落としで、ありとあらゆる手管をつかって。それほど、なぜ僕を手にいれようとするのだろう――僕がイヤがるからか。あの女もそうだ。あの女――僕と浩司の写真をとった女。ああして、僕のプライヴェートに踏込んでどうしようというんだろう。

ああ――よそう。

思っただけでむかむかと腹が煮えてきてどうにもならない。

（やべ……）

（俺って、自分で思ってるよりずっと感情も気性も激しいのかも……）

「車、用意できましたよ。ユウちゃん」

「あ……」

松井が車をまわしてくるのを受付で待っていたあいだに、なんだか頭がぼうっとしてしまっていた。

こんなことで仕事がちゃんといくんだろうか。なにくそ――と思う。とにかく、仕事、仕事だ。一番大事なのは仕事だ。ほかのことなんかみんなよけいごとだ。仕事が面白くてたまらないからこそ、こうやってどんどんやってきたわけだし、どうして仕事以外のことでこんなふうに邪魔されて精神を乱されなくちゃいけないのか、それが一番苦痛で――

「ユウちゃん、グラサンかける？」

「あー……いいよ」

ぼんやりと松井に続いて外に出る。まだ、ようやく日がおちてくるくらいの時間だ。とにかく当分は田所には会わなくてすむし、電話だって出ないようにして――それに、何をいうにもあと一回、だ、あと一回。松井だって何回も相談したけどそういってた。松井はもちろんまさか僕が田所浩司と本当に二回とはいえセックスしちゃったなんてことは知らないけれども、松井の判断はけっこうあてにしていいと僕は思っているし――

（………！）

僕は、いきなり自分が足をとめ、頬をこわばらせたのが何故なのか、一瞬わからなかった。だが、僕のからだのほうは勝手にうごいていた。

かっと頭に血がのぼり、まわりがふいに赤い――血の色みたいな真っ赤なもやみたいなものに視界が包まれ――

まるで誰か別の人間にからだを占領されたみたいに僕は飛出していた！

「きゃあッ」

甲高い悲鳴がきこえて――事務所の前の歩道にわらわらといた女の子たちがおびえて左右

にわかれ――

僕は彼女たちには目もくれずに、ちょっとはなれたところで怯えきった顔で僕を見ている見覚えのある顔のとなりに突進し――

そして、気がついたとき、僕は、そいつの胸ぐらをつかんでいた。

「何のつもりなんだよッ！　どうしてあの写真のことをみんなにバラしたんだよ！　俺が恥かいたら嬉しいのかよ！　なんだってあんなとこを写真にとったりするんだよ！　俺だって人間なんだぞ！　あの写真をバラまいたのかよ、俺が――俺がやつにキスされてる写真――なんでそんなことして楽しいんだよ！　お前本当に俺のファンなのかよ！」

自分が何を怒鳴っていたのか、全然覚えていない。

かっと頭に血がのぼって、何がなんだかわからないほど興奮していて――ろれつもほとんどまわらないくらいただひたすら腹がたって――

「あたし――あたしなにも、本当ですあたしなにも……」

「じゃあなんでこんなに知れ渡ってんだよ！　俺お前のおかげできょう社長にさんざん怒られたんだぞ！　そんなに俺のことホモにしたいのかよ！　お前なんか何も知らないじゃないか、俺のこと何も――俺のことなんか何も――あの写真返せよ！　早く返せよ！　それとももうあの写真マスコミにバラまいたのかよ！　殺すぞ！　もし本気であの写真バラまく気ならお前殺すぞ！」

「ヒィー」

「ヤメテ、ヤメテ」

「ユウキ、ユウキ――」

「ユウちゃん！」

松井の声、女の子の声、そのとなりにいたちょっとひらべったい顔をしたこれも見覚えのある女の子の声――

まわりできゃーきゃーいってるピーの子たちの叫び、松井の腕が僕のからだをおさえつけようとし、僕の手があがり――

何がどうなったのか、結局ほとんど僕にはわからない。

気がついたときには――僕は事務所のなかに無理やりにひきずりこまれていた。

途中からまるっきり何もほとんど記憶がなくなっている。そのことに気づいて僕は慄然とした。

もしかしたら――

もしかしたら僕は少し――少し、そんなふうに思ったこともなかったけど、少しアタマが――壊れてる、自分が何してるのかもわかんないで気がついたら足元に死体が転がってる、みたいな――

《あの手》の人間のひとりだったのだろうか？

これまで一度だって、そんなふうに――そこまで切れたことなんかなかったのに――

僕は……

僕は……

はづき　7

恵美子がすっごいショックを受けちゃってたので、なだめてなんとかやっと泣きやませるのに、結局一晩じゅうかかってしまった。

それも無理はない、と思う――はづきだって同じめにもしあったとしたら――そんなんじゃすまないくらいショックうけると思うもん。

でもぉ……

これは恵美子がかわいそうだったから云わなかったけど……

でもはづきもかなりやりすぎだ、って思っていたから……

やっぱ――プライヴァシーんとこを写真にとっちゃう、ってのは――ちょっとマズいんじゃ……

特にやっぱ、ユウキってすごく、まだ潔癖っていうか――ファンにやさしくしてくれるのだって、本当の意味でちゃんと商品として割り切ってるからじゃなくて、本当にやさしいひとだからだ、ってはづきは感じていて、そこもユウキのすきなとこだったし――

それにもし田所さんが本気だったとしたら、そりゃ――怒ると思うのね、そんなトコいきなりカメラ小僧されたとしたら。

大体日本人はちょっと写真について考えが甘すぎるんだ、って前に——誰かがいってたことあったけど……

はづきがユウキだったとしたって、そんな、もし田所さんが恋人だったとしたら、恋人とキスしてるとこなんてうつされたくないし、もし恋人じゃあなくて無理やりキスされちゃったんだとしたら——なおとられたくないよね。

それに——恵美子だって、なんだかんだ、はづきにだけだっていってるわりに——

ヤオイ系のひとたちみんなもう知ってたもん。ユウキと浩司さんのこと。

(用賀のファミレスでキスしてて、ピーの子が写真とっちゃったんだってー)

(やっだーやっぱしユウキ受け？)

(そりゃそうでしょ、あのカオだもん)

(やだ、でも写真とられたなんて)

(それマスコミに出まわっちゃったら……ヤバいんじゃないの？)

(ヤバいでしょ……もちろん)

(あたしたちだけの秘密にしとかないとさあ……)

あたしたちだけの秘密、といいながらかれらは、事務所の前にむらがりながら嬉しそうにそのことばかりしゃべっていた。

はづきはちょっぴり、ユウキが可愛想じゃない、と思ったりしたんだ。

だけど、もちろん、そんなことは、いまのこの、目がぽんぽんに腫れ上がるくらい泣きつづけてまだひくっ、ひくってしゃくりあげてる恵美子にはいえない。

あんまり、かわいそうだもん。

じゅうぶん、もう、ショックだったんだから——死ぬほどショックだったと思うから。

あんとき——

正直、はづきだってビビったもん。

なんだかまるで——

いつものユウキと全然感じが違ってたの。

でもそれは、「いつもはファンの前ではみせない本当の顔を」とかっていうようなそういう感じじゃなくて。

なんだか急に、いつものユウキが全然別の人間に人格、いれかわっちゃったみたいな感じがしたの。

まるで何かにとりつかれたっていうか、それこそ憑依されたっていうの？　そんな感じ。

目がぎーっとつりあがって、いつも茶色の淡いきれいな色で人形の目みたいだねって恵美子と話しているあのきれいな大きな目がいきなり、なんか——なんていったらいいんだろう、狂人の目みたいになっちゃって、何も見えてない感じで——

すごい、ゆがんだ顔になって……すごく怖かった。

恵美子にむかってきてるんだってことがわかったとき、はづきまで腰ぬかしそうになっちゃった。恵美子は、胸ぐらをつかまれて怒鳴りまくられた恵美子はきっと本当におシッコちびっちゃうほど怖かったと思うよ。

だって本当に本当に怖かったもの。

すごい、なんて——うまくいえないんだけど、火がごうごう燃えてるみたいな——そっち見るのも怖い、みたいな……すごい——

あんまり激しくて、見るのも息ができなくなっちゃいそうな——

ユウキって、こんな人だったんだあ、っては思わなかった。

むしろ、ユウキが、突然どうかしちゃった、みたいな。

あれがもし、ユウキの本当の顔だったとしたら——

ううん、でも。

そうしたらけっこう、はづき、嫌いじゃないかもしれない。

あんなに激しいユウキ——

あれがもし——あんなイヤなことじゃなくて——誰かを愛する方向にむかうんだったら——

そうしたらそれって、本当にすごい愛になるんじゃないかって……

想像しただけでくらくらっとするけど……

でも、恵美子はとにかく、わあわあ泣いていたから、なだめてあげなくちゃならなかったけど。

「やっぱ、恵美子……写真とるのだって時と場合があるんだよ。それに、ねえ、ユウキの場合は特に――だからきっと、あれ浩司さんの片思いなんだよ。だから、とられて両思いだって思われたらすっごく困るんじゃないのかな。ユウキ……」

恵美子はとにかくショックうけすぎてて何をいってもうけつけないし、ひとことでもなんかいうとわあーってまた泣き出しちゃう状態だったから、とにかくまずなだめるだけで手一杯だったんだけど……

でも。

「あたしじゃない、あたしじゃない！　本当にあたしじゃないのよぉ！　だってそうじゃない。あたしにそんな、ただのファミレスのウェイトレスやってるあたしみたいなごく普通の平凡な子に、そんな……マスコミにつながりなんてあるとおもう？　どうして、あたしがそんな――あたしあの写真をどっかに見せたりなんかしてないよ、してないよぅ……」

「でもさあ、はづきとか――もうちょっと、ファンクラブの子とかで仲のいい子には見せたんでしょ？」

「そりゃ――そりゃそのくらいはしたけど……」

「何人に見せたのよ？」

「おぼ――おぼえてない……」

「ヨウちゃんには？」

「み……せた……」

「新田さんには？　ヤオイ系の元締めみたいなもんだしさ」

「みせた……っていうかウワサになっちゃってて……ぜひ見せてくれって……こないだの……『土曜日』の収録んときの出まちんとき……頼み込まれたからつい……見せたけど……でも……」

「それってヤバかったんでないのかなあ。新田さんなんてあんなの見たら半狂乱に喜んじゃうんでしょ。あんな浩司さんの顔とか見たら」

「う……喜んでっていうか——感動して泣いてた……」

「泣いて！」

多少なら想像つかないこともないけれど、とてもはづきにはそこまでできない、と思う。ようやるよ、と思う。

「もうそんだけ見せてるわけじゃない。それじゃもう、口づてでは、ピーグループのあいだにはほとんど出まわっちゃってると思わない？」

「思う——けど——でも……でもみんなに、とにかく内緒にしといてくれって……マスコミに知られたらユウキに迷惑かかるからって……」

「でもねえ……」

それだけおおぜいの人間に知られてしまってから内緒もないもんじゃないかなあと思うけど……

でも、恵美子はなおもしゃくりあげていた。

「あたしじゃない。でもあたしじゃない。あたしがユウキのこと、こんなに好きなのにユウキのこと、ホモですなんていってマスコミにバラしたりするわけないじゃない。用賀のファミレスの駐車場で田所浩司にキスされてました、なんてあたしがチクったりするわけないじゃない。どうして、あたしがそんなことできると思えるのよ……あたしユウキのファンなのに、そんなユウキの不利になるようなことするわけないじゃない。どうしてそんなこともわからないの……これまであんなに応援してきたのに、あんなにずっと待ってて時間つかってお金つかって、札幌まで追っかけたり京都いったり、こうやってずっと待ってたりしてたのに……だのにどうしてあたしが、そんなふうにしてユウキの困るようなことすると思うのよ……」

恵美子が一番ショックだったのは、そのことだったらしい。

自分がユウキを好きだ、っていうことを信じてもらえなかった、ってこと。

その気持は、わかるような気もするけど。でもいまそういったってしょうがないんだしね。とにかく、一番ショックなのユウキだと思うし――

それにこれは、やっぱし恵美子がかわいそうだからいわなかったけれど、はづきは、やっぱり、もしかして、もしかしなくても、やっぱしユウキと田所浩司のことがうわさになったとしたら、恵美子しかないじゃん、っていう気がしちゃってたし――

だってあんな現場写真ばっちりとっちゃってそれを見せてまわってたら――

もちろんべつに恵美子はみんなにいいふらしたりチクるつもりなんかちっともなかったと

したって。

それってとにかく、ウワサには絶対なっちゃうような話だし……

うわさになりさえすりゃ、やっぱり業界の人の耳にも入っちゃうだろうし。

かわいそうだな、ユウキ。

そうしたらやっぱりすごくイヤな目にあっちゃうのかな。

だから、はづきにだけ——それともじぶんの見たものに満足して、絶対にもうそんな写真なんて外に出したりひとに見せるべきじゃなかったんじゃないかなァ、ってはづきは思うケド……

でもそういってみたってしょうがないし。

(ユウキかわいそう)

あの激怒してとびかかるようにしてきたユウキ。

はじめて見たユウキのああいう顔。

たまに芝居やドラマでけっこうそういう感情の激したとことかってあるけど、ほんとうに気持が動いたときって全然違うんだ。

声もそんなに大きくなったわけじゃないし、でもなんかすっごく怖かった。

あのまんま——ううん、恵美子やはづきになんかするっていうより、あんまり興奮しすぎて自分の血管が切れちゃうんじゃないか、って感じがしちゃって……

怖くなっちゃった。

ユウキってあいうところもあったのか——って思ったから……

「恵美子、ねえ、もう泣かないでよ」

「大丈夫……ごめんね……だんだん落ち着いてきたから大丈夫……」

「ねえ……恵美子ぉ……」

「……なに……はづき」

「ユウキのこと……」

「……」

「キライに……なったりしないよね」

「……」

「だって、やっぱし……こういっちゃ失礼だけど……無断でプライヴェートの写真とったのは……恵美子だって悪いわけだし……恵美子はチクってなくたって、写真みたほかの人がチクってれば……やっぱし同じことじゃん？　だから……」

「……」

「ユウキにしてみれば——無理もないかな、なんて……」

「……」

「だから……ユウキの怒るのも無理ないかなって……思うんだよね。だから……」

「……」

「だから、ユウキのこと……怒らないであげてくれると、嬉しいかなっていうか……きっとユウキだって、あんときとっさにすんごい興奮しちゃったケド、そのあとでさめたら、反省してるだろうと思うし……これまでずっとはづきたちファンしてきてるんだし……」

「……」

「ねえ……恵美子……」

いろいろ、性格は違うけど。

立場も――それから、ときたま、はづきって本当に恵美子のこと、わかってるのかなあ、とか――それから、もしかすると恵美子ってどういうヒトなんだろう？　はづきはもしかして全然恵美子のことって知らないんじゃないだろうかって……となりに見知らぬ他人がいるみたいな気がすることだってあるけど……

でも、それはそれで……

やっぱり、友達、だしぃ。

はづきにとっては大事な友達だし。それにユウキのこと、話せる貴重な少ない友達で――ユウキのおっかけでも、いろんなタイプがあるから、やっぱし、恵美子って貴重な存在だと思うんだもの。

だから、恵美子に、ユウキのファンやめてほしくない。

それにたしかに恵美子のほうにだって非があるんだし。

「……大丈夫」

恵美子ははなをすすりあげながらいった。鼻のさきが真っ赤になっちゃって、目がぽんぽんに腫れちゃってた。あああ、あしたになったらすっごく腫れるんじゃないかな。お岩さんみたくなりそう。

「はづきのいうこと……わかるから。それにあたし――それにあたしやっぱしユウキのこと好きだから。……違うの。ユウキが……怒ったからじゃないの。ユウキが、あたしがいったと思って……信じてくれなかったのがショックだったし……こんなに好きなのにって……それに、それに――ユウキと浩司さんのこと……あたしすっごく……すごいなんていうの、感動したのにさあ……ユウキがお前なんか関係ないっていったのが一番――一番ショックだったの。なんかすごくユウキから拒否されたって感じがして。それがヤだったの。……あんときって一瞬、そんなひどいことというんだったら、あの写真全部のマスコミに送ってやるからいいなんて思っちゃった。あたしって――あたしってちょっと危ないのかな。……でもそのくらいショックだったから……」

「わかるよ。わかるよ、恵美子」

云いながら、はづきは、（もしかしてやっぱしちょっと恵美子って危ないかもしれない）と考えていた。

前からそんなトコあったかな。それとも、最近、やっぱし直接ナマモノと会ったりしてるからだんだん、エスカレートしてきちゃったのかな。

だとすると、こういうのって、エスカレートするものなんだなあ、って思う。

はづきも、エスカレートしてユウキに怒られるようなことしちゃわないよう、気をつけなくちゃ。

第五章　あなたとワルツを踊りたい

優貴　7

なんだか、身体が鉛でも詰ってるみたいに重たい。

足を動かすのもだるいし、階段をあがるなんてとんでもない重労働って感じだ。完全に、からだが参っちまってる、という感じ——べつだんそんなに疲れてるはずもないのに、やっぱり人間のからだというのは、気持によって動かされてるものなのか、とあらためてわかるみたいな——

からだの底の底まで鉛製になったみたいだ。

僕は力なく足をひきずりながら階段を上がる。まわりも見たくない、人間がいることそのもの、人間に見られることも——何もかもイヤでたまらない。

自分自身をどこかへ抹殺して誰からも見えないところへやっちまいたい、みたいな——のろのろと階段をあがる。なんだか気が変になっちまったみたいだ。

っていうより、ぬるいねっとりとした湯のなかにでもつかってるような感じ、とでもいったらいいんだろうか。なんだかまるで悪い夢を見ていて、どうしてもさめられないみたいな――そんな感じ。

いったい、どうして――

どうしてこんなことになったんだろう。

なんだかまともにものごとが考えられない。思考能力が麻痺してしまったような感じだ。いったいどうして、何が悪くてこういうことになったんだか……

そんなに、僕は頭が悪かっただろうか、と思う。どうしても、いろんなことが考えられない。何もかもがまともでなくなってしまって、狂い出してしまって、まともにものごとを考えることもできなくなって――僕はいったい、僕はいったいどうしてしまったというんだろう。

何が悪いのか――

どうしてこうなるのか――

何もわからない、何も……

（畜生。畜生）

ただ、怒り、そう奥深くどろどろとたぎる真っ赤な、真っ黒な、《怒り》だけがとぐろをまいていて、僕のからだを生まれてはじめてというほどの強さで占領してのっとってしまっていて――

気が狂いそうだ。

もう、狂ってしまってるのかもしれない。どっちだってかまうもんか。なんだか、何もかもおしまいだ——という気がする。みなの前でファンの子を殴ってしまった——たくさんの女の子の悲鳴があがったのは覚えている——そのあとで、「イヤ！　ユウキがあんなことするなんて！」「もうユウキなんて嫌い！　信じられない！」という絶叫——「ホモだってよ」「いや、そんなのっ！　不潔！」というささやき——みたいなものがいっぱいきこえてきた——ような気がする。

何もかも——おしまい——なんだろうか——わからない。なんだかもう何も考えられない。何も——

なんでこんな……

僕は茫然と、よろよろと階段をあがる。なんだか一歩ごとにからだがくっとつんのめってしまいそうでくずれてしまいそうで、自分がこんなにうちのめされることがあるというのが信じられない。僕はどこにいるんだろう——どうしたんだろう——なぜこんなに——いったい何がこんなにも僕を打ちのめしてしまったのだろう？　自分はいつだってこんな弱い人間だなんて思ったこともなかった。だのになぜ——

いったい。オレが何をしたというんだ——

口のなかに、喉の奥に、胸いっぱいにその絶叫がつまっている。一番苦しいのは、それが口からどうしても外に出ていかないことかもしれない。叫びたい。だけれども叫べない。どう叫んでいいのかわからない。

（ああ……）

なんだかすごく混乱してしまっていて——

いつも、自分の感情はわりとコントロールしているほうだと思っていたのに。

どうして……

僕はあっと叫んでそのまま倒れそうになった。膝が笑った——やっと一番上までのぼったと思ったがまだもう一段あったのだ。そのまま階段の一番上の段にけつまづいて倒れこんでしまいそうになる。だが、そのまいやというほど廊下にたたきつけられるかと思ったからだは、ふいにしっかりとうけとめられた。

「あ……っ！」

するどい叫び声がもれる。僕は自分がどうしてからだを硬直させたのか瞬間わからなかった——目がかすんでよく見えない。それから気がつく——

「浩司——さん！」

「どうしたんだ。しっかりしな」

支えて助け起こされたのを僕はいきなりふり払う。激しいめまいが襲いかかってくる。目の前がゆっくりと色をかえてくる——なんてことだ。僕は——

「どうしたんだ。すごい顔してるぞ……しっかりしろ。気分悪いのか」

「触らないでよ」

僕はいった。マンションの廊下だから大きな声は出せない。その分、こみあげてくる何かは強烈だった。

「触らないでくれよ。俺は――俺は……」

あんたのおかげでめちゃくちゃだよ。

何もかも、めちゃくちゃだよ。

そう叫んでやりたくて――だが声はのどに詰っている。

「落ち着けよ。……ちょっと話きいたけど……」

(うるさいな)

こんなところで――

ひとを待っていて――

待ち伏せじゃないか。

こんなところをもし、人に見られたら――

興味をもってそっちも待ち伏せていたハイエナみたいなマスコミのやつらにフライデーされてしまったら――

そしたら、俺は終わりじゃないか。

(ウワサは本当だった！　二枚目俳優田所浩司と売出し中の若手俳優・歌手鮎川優貴のアヤシイ仲！)

(深夜の自宅マンション前で痴話喧嘩！)

(ホモを暴露されて鮎川優貴がファンの少女を殴打、乱暴！)

(非難ごうごう! ホモ俳優の逆上、男のヒステリーでファンを殴るとは!)

いきなり、ゲスな週刊誌の見出しが僕の目のなかで踊り出す——

そんなのはイヤだ。

(俺はホモなんかじゃない。なりゆきでコイツと二、三回寝たからってホモなんかじゃない)

(なんだってみんな——なんだってみんな俺をそっとしといてくれないんだよ? なんだって、みんなしてそんなふうにひとをつきまわしたり、おっかけまわしたりするんだよ? なんだって——)

(どうして、勝手にひとのプライヴェートの写真をとって——それをみんなに見せびらかしたり——マスコミに売ったり——どうしてそんなことをするんだよ? どうして?)

(いったい、俺がおまえらに何をしたっていうんだ——お前らは本当に俺のファンなのか……)

(アンタもだよ! どうして、俺のうちの前で待ち伏せなんかしてたりするんだよ! 俺はアンタにつきまとわれるのなんか……)

そんなに、論理的にことばにできたわけじゃない。

そんなにちゃんと系統だって考えたわけでもなんでもなかったけれども、ただそういうきれぎれの思いが頭のなかにうかんできて——

気が狂いそうだった。

「中に入ろう、優貴――ここじゃ、目立つし……それに、お前、すごく顔色が悪い……」

「触らないでくれよ！」

僕はもう一回叫んだ。それから思いのほかにでかい声が出てしまったことに気づいてあわてて声を小さくした。

「俺もう――俺もう、やめたいんだよ、こんな――こんなの……」

「俺と寝るのはごめんだ、ってことか？」

「こんなとこでそういう人聞きの悪いことをいうなよッ！」

「人聞きの悪い、か……」

田所浩司はふっとかすかに苦笑めいたものに唇をゆがめた。

「その人聞きの悪いことに、俺は――俺は一生呪縛されてんだぜ。……何もしないからうちの中に入って話そう。とにかく、お前、ようすが普通じゃないよ。……ワンフに手、出したんだって？」

「誰に――きいたん――だよ？」

僕は喘いだ。

「すごい噂になってるよ。それで仕事トバしちゃったんだっていうじゃないか。しょうがねえな」

ひとごとみたいにいうなよ！

おマエのせいだってあるんじゃねえか！

「とにかく、中に……」

浩司は僕をドアにむかっておしやった。僕はのろのろと思考力が麻痺したようにポケットをさぐり、カギを出し、あけた。自分の部屋——なんだかもうすごく長いあいだ、戻ってなかったような気がする——

たいした部屋でもない。だけど僕にとってははじめて自分で、自分のかせぎでまかなっている自分の城——平凡ないいぐさだけれども——とても大事な感じがする。そのそれほどべつだん独創的でもなんでもないだろうインテリアも、なんだかとても誇らしい感じがして、見るたびに満足せずにはいられない。

でもいまは、なんだかまるで足が宙をふんでいるみたいで、自分がどこに入ってきたのかも、愛する自分の城に戻ってきたのだということもよくわからなかった。なんだかまるで見慣れぬ見知らぬところにきたみたいで——

くらくらする。

「酒飲む？　落ち着くと思うけど」

田所浩司が云った。僕はなんだか全身の力が抜けてしまったような感じがしながらうなづいた。ひどい疲労感——底なしの沼にひきこまれてゆくような倦怠感といったらいいんだろうか。

どうして、いつから、こんなに疲れはててしまったんだろう。

僕はソファ——気に入りの、せまい部屋のなかで一番家具らしい家具といえる低いソファにぐったりと腰かけて、両手を膝のところにつき、ぼんやりとしていた。なんだか本当にばかになってしまったみたいに思考力がすべて停止してしまった——このまんまじゃ本当にどうにもならないなあ、と思う。でもなんだか疲れきってしまっていて、何もかももうどうでもいい、という気持がしてきてしまう。

「ほら」

差し出されたものを僕は見上げた。浩司が勝手に、わがもの顔に僕の部屋の中を動き回ってグラスにウイスキーのオンザロックを作って差し出していた。僕は受け取ってぼんやりと飲んだ。本当はここにくるまえにもうかなり飲んでいたのだ——事務所で、ファンの子に手を出したことを社長に目の玉が飛び出るほど怒鳴りまくられ、そのあとで松井に説教され、何がなんだかわからなくなってまたそこで松井と怒鳴りあいになり——とうとう仕事にゆけなくなってしまって——というか、仕事にゆけという松井に「もうこんなことやめてやる！」と叫んで飛出して——もう、女の子たちはいなかった。よかった——もしいたらどうしていいかわからなくなってしまったかもしれない。それともさらに激昂してもっとまずいことをしてしまったかもしれない。とにかく誰もいなかったからそのまま飛出して、そして——それから三、四時間、いったい何をしていたんだろう。酒を飲んで——そのへんがなんだかよく覚えてない。そのことが僕を不安にさせる——どうしてこんなに記憶がとぎれているんだろう。

もしかして、酒を飲み過ぎて記憶喪失になっちゃってるんだろうか——だけど、それほどすごい量飲んだらもっと酔っ払ってどうにもならなくなってると思う。

どうもアルコールは僕のからだにまずい作用をしているみたいだった。異様に気持がたかぶって、しかも記憶がすぐとぎれてしまう——きょうは本当はあまりに興奮しているから酒なんか絶対飲んではいけなかったのかもしれない。でももう遅かった。

「……お前さ」

浩司が自分のグラスをゆっくりまわして氷をかちゃかちゃいわせながら、僕のむかい側にすわってゆっくりと云った。

「そんなに、俺のこと、嫌い？　俺とこういう関係になったのがそんなにイヤ？」

「………」

そういうわけじゃ——必ずしもないけれども——

でも、それなら、いいのか、といわれたらまた困ってしまう——困ることは困るのだ。ホモになる気はないし——そこまで田所浩司のことを好きなのかといわれたら困る——でも嫌いなわけでもない。関係を持ったからといってそれがなにかになる、たがいの関係を変えることになるだろうとは思わなかった……逆に、思わなかったからこそ安心して関係してしまった、みたいな気がするのだ。

セックスって——まして同性とのセックスなんてそんなに意味のあることなんだろうか……女とだって——いや、女となら、それでももしかして子供が出来ちゃったりとかすればそれで意味のあることになっちゃうという可能性もあるのかもしれないけれど——

でも男となんて――

でもそれなら自分はなんで田所と寝たんだろう、ということを僕はぼんやり考えていた。好きだからじゃない。嫌いではないから、というのが正解だ――べつだん、すごく溜まってて　したくてしょうがなかった、っていうわけでもない――本当に正直にいったら、「男からでも女からでもこれまでになかったくらい、強く求められたから」だからだ、としかいいようがない。おかしないいかただが本当だった――そういうとなんだかまるで女の子みたいだけれども本当だ。

僕は、「求められたから」応えたのだ。それがどうしてわからないんだろう――それがどうして――たまたまそれが同性だったからといって、どうしてホモだの――それにもっとわからないのは、どうしてそれが恋愛だの愛情だのと関係があることになってしまうんだろう。

もしかしたら僕は何か人間的に決定的に欠落してるものがあるんだろうか？　ほかの人間なら誰でも簡単にわかる、そういうことがわからないのだろうか？

何か、僕には――どうしてもわからないものがあるんだろうか？

「お前はいつもそうやって――はぐらかすけどさ……」

「はぐらかしてなんかいないじゃない」

こうして家にまであげてやってるじゃないか。

あれだけ、イヤな思いをして――そもそもすべてが駐車場で浩司がキスしてきたからはじまってしまったので――あんなことをしてこなければ、あの女が写真にとってしまうこともなかっただろうし、そうすればうわさをたてられることもなかっただろうし、そうすれば僕がかっとなってあの女を殴ってしまうこともなかったと思う。そう考えたらすべての元凶は浩司の考えなしだといってもいいくらいで——

大体やっぱりスキャンダルはおそれてるはずの有名人、芸能人のくせにあんな無防備な行動をとるなんて——

もっと、僕のなかに本当はひそかに沈み込んでいる疑惑があったけれど、僕はあえてそれについてはふれまいとした。それを正視するのはなんだか恐ろしかった——イヤだったのだ。

（もしかして……）

（もしかしてわざと……）

（あのファミレスだって……あの子がいることはもう知ってたんだし……）

（あの駐車場は……あの女の働いてるファミレスからはまるみえなんだ……僕は気がつかなかったけど……）

（噂をたてさせて、既成事実を作っちゃおうとしたんじゃないのか……？）

（僕にもうにっちもさっちもいかないような状況においこんで……もうしょうがないとあきらめつけさせるために……？）

さもなきゃ、僕をその気にさせてしまうために。

でもおかどちがいだ、と思う。そんなことをしたら僕はただ狂ったように腹をたてるだけで、絶対——絶対やつの思ったようになんか動かされやしない。するもんか。

「なァ……」

浩司は低い声でいった。僕はちょっと身をふるわせた。

「お前、どうしても──俺のこと、恋愛の対象としては見るのムリか？　俺のこと──同性だとかそういうの別としてさ──田所浩司っていう人間がお前にとって──いますぐ、とはいわないけどいまにでいいから──特別にはなれないか？　特別の存在には？」

そんなもの──

絶対になれるわけないじゃないか。

いったい特別ってなんだろう。そんなこともわからないのに、心がどうやって動いていいかわからないのに──そんなもの、なれるわけがない。

なんだか、ひどく責められているような気が──お前は酷いやつだ、人間の心を持ってないやつだ、と責められているような気がして──これまで、誰も愛したこともない、ひとの心を持たぬやつ、ロボット、といわれているみたいで、なんだかすごくイヤだった。

だけど、心が動かないものを動いたと嘘をいうわけにはゆきやしない。

（もし……）

いま、僕に誰かほかにちゃんと《特別》な人間がいさえしたら。

そうしたら、もっとずっと──楽だっただろうに。誰か恋人がいるから、好きな人がいるから、浩司より好きなあいてがいるから、せめて男とつきあう気なんかないから、だから浩司に応えることはできないんだ、そうはっきりいえたら、それはそれでひとつの帰結だったただろうに。

だが、僕には、そのいずれもなかった――浩司に応えられないのは、浩司が男で、同性だからじゃなかったし――二回してみて、僕は、自分がべつだんホモに向いてもいないけど拒否反応が出るわけでもない、ということを知ってなおのこと戸惑っていた。何も――欲望を満足させるというその場限りの行動に関しては何も女相手のときとかわらない――だが、それをつきつめてゆくとなんだかもっとすごいことになってしまいそうだ――俺は、女とも、本当はべつだん――欲望を吐き出す以外には、本当は別に女も欲しくもないんだっていう――

――だったら一体、本当に僕の欲しいものというのは――何だろう。

野心、成功、仕事の発展――人気がでて、有名になること、金が入ってきて――

どうしてそれだけではいけないんだろう。そのあとで、とりあえずいま一番欲しいものを手にいれてから、そのあとで人間の心のことを考えるのでは遅すぎるのだろうか。どうして――

どうして、自分を欲しがってもいない人間の心をどうしても欲しいと思ったりするのだろう。手に入れられたがってない相手を手に入れたいと望むことがあるのだろう。

(僕には――永遠にもしかしたらわからないかもしれない……)

「なんかさ……最初は、本当に、好みのタイプだからとか……そういうことにすぎなかったんだけど……」

浩司の奇妙なくらい静かな述懐が、ふっとわれにかえった僕の耳に響いてきた。

「なんだか——いろんなことがあって、俺、だんだん——自分がおかしくなってきてると思う……どうしてこんなに逆上するんだかわからないけどさ……お前ってなんか、無性にひとを逆上させるとこってあるよね。そんないいかたしたら可愛想だけど——怒らせる、ってのとは厳密にいうと違うかもしれないけど……なんか、そうやって——そうやってひとを引き寄せてるのか、拒否してるのかわからないようすでさ……俺のことでもホモでもイヤならイヤで俺はたとえどんなに好きになっちまっても諦めがつくじゃない。自分は男は駄目だから、それとも男は駄目じゃないけどアンタは嫌いだから、っていわれてしまえばさ。でもお前は……嫌いなわけじゃない、っていうそぶりをずっと——俺にそれだったらもしかしたらもうひと押しすれば、もうちょっと時間がたって俺のことをわかってもらえれば——なんていう希望を持たせるだろ。それは、ズルいんだよ。残酷なんだよ。お前は——お前は八方美人なんだよ」

「違う……」

僕は叫ぼうとした。違う。八方美人なんかじゃない——でもなんだかぐさりと胸になにかを突き立てられたような気がして声にならなかった。なんでこんなに胸が痛いのだろう。

「このままゆくと、なんか俺、駄目になっちまいそうでさ。……お前のせいだよ。全部お前のせいなんだ。仕事も手につかないし——なんでこんなにひとをかき乱すんだよ。これまでずいぶん俺もたくさんの男と寝たり遊んだり恋をしたりしてきたよ。片思いもしたし、片思いされたこともあったし両思いもあったし――なんか、変だよな。お前って、それのどれとも違うのな。見ていればいるほどだんだんわからなくなってくる」

「僕は――僕は……」

僕はそんなにわかりにくい人間じゃない。

第一、そんな、全部僕のせいだ、なんていわれても――僕が何をしたっていうんだ、と叫びたくなるばかりだ。

浩司はほっと溜息をもらした。僕のいいたいことをなんとなく察したようだった。

「ゴメンな。お前が悪いんじゃないよな。お前はただお前でいるだけで――俺が勝手にお前に惚れたっていわれてしまえばそれまでなんだけどさ……」

浩司の目がだんだん狂おしい光をおびてくる。

僕はそれを見ているのがイヤだった。

ひとの情熱――それはひとの欲望よりもずっと僕をひかせ、たじろがせ、うんざりさせる。僕には何も返すものがない――そのことがあまりにもはっきりしてしまって、だから――だから、僕は、ひたすらそれを見たくない。ましてや向けられたくなんかない。

「浩司さん」

僕は力なくいう自分の声をきいた。

「頼むよ。――俺いろいろ……いろいろ考えなくちゃならないことがあってさ……頼むから、きょうはもう、帰ってくれない。俺なんだか――何もかもわからなくなっちゃって、それに疲れててさ。頼むから、きょうは、帰ってくれない」

「そうやってお前は──俺を追い払えばすむと思ってるのか？」

「そんなこといわれたって……」

「そうやって、お前の人生から都合のいいときだけ俺を自分の都合で追っ払ったり、呼び寄せたりできると思ってるのか？　俺にだって、感情があるんだぞ」

その、感情をいつだってあんたは自分の思いどおりに向けてるじゃないか、と思う。一回だって俺がそんなふうに自分の感情であいてを動かしたことなんかない。僕はただ、求められたから与え、追いかけてこられたからそれをゆるしただけだった──なんだか不安がつきあげてくる。自分はおっそろしく受け身な、女みたいに受け身なだけで人生をやってきてしまった人間だったろうか？　という不安──これまでいつだって、僕は自分のことをきわめて積極的な、能動のほうの人間としか考えていなかったのだが。あらゆる意味で能動型のほうとだ。

「それはわかってるけど……でも僕はきょうはわるいけど、もう……」

誰とも一緒にいたくない。

(君には当分謹慎してもらわなくちゃならないわね)

荻野さんのキンキン声が耳につきささってくる。

(どういうことなの。ファンのおかげで自分が成立してるんだってことがわかってるの。ファンはお客様なのよ。君みたいなちんぴらのかけだしタレントなんてお客様にとってはいくらでも替えがあるんだからね。そのことわかってるの。ほんのちょっと人気が出たと思ってつけあがって――まったくいまどきの若いものは……）

「帰ってよ。頼むよ」

「イヤだ」

はっきりと、浩司が云った。

僕はちょっと愕然として相手を見た。それからかっとなって身をおこした。ひどく、鉛みたいに疲れはててはいたが。

「わかったよ。じゃあ僕が出てゆくよ」

「そんなに俺と一緒にいるのが嫌なのか。たいへんなことがあったんなら、それを少しでも俺にわかちあわせてくれたらいいじゃないか。俺に怒ってるんならそれをぶつけたらいい。どうしてそうなんだ。どうしていつもそうやって、そんなに遠いんだよ――どうして、いつもそんなに――優貴！」

いきなり、手首をつかまれて、僕はかっとなった。

同時になにか、身震いするほどの嫌悪――そうだ、確かにそれは嫌悪感だった――を感じて、手をふりはらって突っ立った。

「放せよ！」

「優貴！」

「愛してるだの、恋だの――もうたくさんだよ。いまの俺にはそんなモノにかかずりあってるヒマなんかないんだよ。どうだっていいよ。――アンタが帰ってくれないんなら俺が出てく。俺は――俺はいま誰とも口なんかききたくないんだ！」

からだがあまりにもなんだか重すぎてさっと飛出すというわけにはゆかなかったけれども、僕はジャンパーをつかんでそのまま玄関に向かおうとした。そのうしろからいきなり激しくひきもどされ、背中から抱きすくめられた。

「イヤだよ。放せよ」

「優貴。好きなんだよ。きいてくれよ。話きいてくれよ……」

「イヤだ。放せ」

「優貴、愛してるってコトバはそんなにお前にとって意味ないのか。俺だって一応名前の売れた人間だ。それがこんなにお前のことを愛してるっていうことがそんなにお前には意味ないのか。お前、誰か好きなやつがいるのか。そうなのか。そうじゃないんだろう」

「……」

痛いところを直撃されたのだ。僕はかっとなった。

「そんなもの……アンタと関係ねえだろ！」

「仕事が一番、かよ。いまは仕事が面白くて色恋なんかかまってるヒマがない、かよ。そのお前にこっちを向かせたい。憎まれるんでもいい、お前にとって特別な存在になりたいんだ。お前は誰も――ほんとに誰もよせつけようとしないから、俺は、どうしても、引っ込みがつかねえんだよ、もう……優貴！」

「イヤだったらッ！　はなせよッ！」

かっとなってふり払おうとしたとき、僕は、はじめて、あいてのほうが圧倒的に力が強い、ということに気がついて狼狽した。

確かにガタイは浩司のほうがかなり大きいけれども、だけど僕だって人なみの力は――それとも疲れてて力が入らないんだろうか――それとも、浩司が逆上してるから、すごい力が――

「はなせってのがわかんねえのかよ！　しつこくすんなよ、お互い、そういう間柄じゃねえだろう！」

「放さねえよ」

浩司は僕の手首を折れそうになるくらいすごい力で握っている。僕はよけいかっとして手でなんとかしてもぎはなそうと指を一本づつ開こうとしたが、駄目だった。かっと全身が怒りに熱くなり、頭に血がのぼった。

「放せよ、二回も親切につきあってやったんだからもういい加減にしてくれよ！　はなせったら、殺すぞ！」

「殺してみろよ。望むところだよ」

「あんた、気が狂ってんのかよッ！」

「狂ってんだよ。前にもいったじゃねえか。お前のせいで俺は気が狂ったんだよ。何回云わせるんだ？　信じられないのか？」

浩司がうつろなひびきの笑い声をたてた。僕はふいに、全身の力が萎えるような錯覚にとらえられた。

（怖い）

（本当に……狂ってしまったんだろうか……）

あいてのその、執着と妄執。

そんなものを自分に向けられる、ということが――

「放してくれよ。頼むから」

僕は屈辱的ではあったがとりあえずした手に出てみることにした。だが浩司には通じなかった。逆にますます手首を握りしめる手に力がこもって否応なしにぐいぐいと引き寄せられて、僕はかなり本気で狼狽しはじめた。もう、二度とコイツと寝るのはごめんだったし、それ以上に、いためつけられたいまの神経では、もう二度と彼にかかわりあいたくさえなかったのだ。もう二度と事務所の社長にホモだなんだいって苛められるあんな屈辱的な思いはたくさんだ。

「痛いったら。放せッ」

「放さない。わかっただろ、力は俺のほうが強いんだぜ。……それに俺は本気なんだ。お前、どうするつもりだよ。どうやって俺を追い払うつもりだよ。これまでいつだってそうやって適当に人をあしらっちゃ追い払ってきたんだろう。面倒くさくなると追っ払って全然胸が痛みもしなかったんだろう。俺は追っ払えないぜ――どうするんだよ。俺は追っ払われても何回でも戻ってくるし、待ち伏せだってするし、お前を手に入れるためならあらゆるコトするぜ。俺はお前の指一本でどうにでもなるようなこれまでの相手とは違うんだぜ。たぶんそれまでの相手が俺と違って本気じゃなかったか、それとも俺より優しかったのかもしれねえけどさ。さあ、どうする。どうするんだよ。優貴」

「あんた、変質者かよ！　冗談じゃねえよ！　第一——第一、手に入れる、なんてねえ……」

ひとが、ひとを手に入れる、なんて、奴隷制度の時代じゃねえんぞ！　ふざけんな！　って叫びたい。

それでいて、なんだか異様な動揺と不安と恐怖が胸をつきあげてきて——

それは、やっぱり、(自分にはいったい何が欠落してるのか)という恐怖であったかもしれないのだが——

「変質者かもしれねえな」

くっと、なんだかぞっとするような感じで浩司が笑った。

「お前に関してだけ変質者なのかもな。でもお前があんまり——あんまり壁たてるからさ……そうされると、ついつい、壁ぶっこわして見たくなるじゃん。中に何隠してやがんだろうコイツってさ……」

「大したもの隠してなんかいねえよ！　だからはなし……あ！」

いきなり、足払いをかけられて、床にひっくりかえされながら、まだ僕は人のいいことに浩司の意図に気づかないでいた。

「何すんだよッ！」

「お前を抱くんだよ。――いいだろう、はじめてじゃねえんだから」

「やめろよ。もうヤだよ。もう二度とヤだよ。俺もう――あああッ、俺もうわかったよ！　もうやめてやらあ！　タレントも役者もみんなやめてやらあ！　だから、もうごめんだ！　もうアンタのご機嫌なんか損じるのを恐れることはねえんだ。もうファンなんか……ファンの女も出まちも写真とられるのもスキャンダルなんかにビクビクするのもやめたッ！　はなせよッ、もう俺あんたと――あんたと関係な……ウ！」

かみつくようにキスされ、床にはりつけられながら、僕はあまりに簡単に自分が無力になってしまうのが信じられずにいた。もしかしてまた最初のときみたいに、あのウイスキーに一服でももられてしまったんだろうか、という気さえした。

だけど、そうじゃなかった――僕はたぶん、圧倒されてたのだ。田所浩司には――必死の気迫、といったらいいのか、とにかく何がなんでもこうしてやる、という激しい意志があって――僕のほうにあったのはただ、漠然たる拒否と拒絶だけで――そしてそのガードはすでにもう二回くらい突き破られていたから、だから僕はそこまで激しく浩司をはねとばす怒りがたぎってこなかったのだ。

「はなせ……よ……もう……やだったら……アウ……」

浩司はもちろんやめなかった。

畜生――だんだんおかしな気持になってきながら僕はかすかに思っていた。それは確かに憎しみに似ていた。畜生――畜生、俺に触るな。俺の中に入ってくるな。俺に土足で踏込んでくるな。俺をかきまわすな。気やすく俺にさわるな。俺は絶対――俺は絶対――信じない。そうじゃない、許さない、だ。これ以上俺にふれることは許さない。俺をかき乱すことも俺を――ましてや俺を手に入れるなんて――俺は絶対、誰のものにもならない！　俺は自由だ。俺は一生誰のものにもならないんだ。俺は――俺は自由だ！

浩司とはこれが三回目だったけど――たぶん、《犯された》と感じたのは、それがはじめてだったかもしれない。してることが別にかわったというわけじゃなかったけれども――してる人間の意識がそういうことを決めるのだとしたら、それまでしてたのはセックスで――そして、それは、レイプだった。明らかにそれは強姦だったのだ。――身体よりも、むしろ、心の。

僕は――

はづき　8

「はづきちゃん、どうしたの。顔色悪いね」

ってまた云われちゃった。

「やせたんじゃない？」っても。

かもしれない。

だって最近……何も食べられないんだもの。

ママは警察にゆこうっていってるけど……

なんだか、悪夢のなかにまきこまれてしまったみたいで……

何がなんだかよくわからない。足がちゃんと地面をふんでるのかどうか、それもよくわからない。

なんでなの。

なんでこんなことになっちゃったの。

恵美子は毎日電話かけてきて泣くばっかりだし……

彼ともうまくいってないんだって。ヒロシとも。

だけどわるいけどはづきはいま、恵美子のことばっかりあんまり心配してあげられない。だって、自分のことで——自分のことであんまりいっぱいで……

なんだか、すごく毎日夢のなかみたいで……

何がなんだかよくわからないの。

どうして……

（はづきちゃん。はづきちゃん。はづきちゃん）

かかってくる電話。

どうしてなの。

実家に帰ったら実家に、アパートにもどるとアパートに——

弟が出たりパパが出るとすぐ切れてしまう電話。

はづきがうちに帰ったとたんにベルが鳴るの。へやに入ったとたんに——

見られている。

いつも、どこかから見られてる——見張られてる、んだ。

恵美子がうちにとまってったとき——あの、ユウキのことがあって……恵美子がすごいショックうけて泣きあかしてったとき……

恵美子が朝になってやっと少しおちついて始発で帰るっていって……出てって、カギかけたとたんだった。

だれかがノックした。恵美子がなんか忘れたのかなって思ってカギあけたけど誰もいなくて――

　ふざけてんのかなと思ってまたドアしめて……またノックがきこえて……

　だんだんこわくなってきて。

　そうして、電話が鳴った。

「はづきちゃん。もうわかっただろう。アイツはヒドいやつなんだよ。もうじき、落ち目になるよ。ファンを殴るようなやつなんだよ。ロクなやつじゃないってこと、わかっただろう？」

「あなた、誰なの」

　思わずはづきは叫んでいた。

「どうしてそんなことするの」

「大きな声出さないで。近所迷惑だから。何時だと思ってるの」

　ねばっこい声。

　ぞっとするような声。

　はづき一生あの声忘れないかもしれない。

「はづきちゃん、興奮しちゃ駄目だよ。あんな男のことは、すぐに忘れちゃったほうがイイよ。……顔なんかちょっとキレイだって、ホモなんだよ。男のアレなめたりしてイヤらしいコトを男どうしでしてるんだよ。鮎川優貴」

「やめてッ！」

どうしてあのとき、叩き切らなかったんだろう。

「いったいだれなのっ！　どうしてこんなこと……」

「信じてないの？　まだわからないの？　それじゃこんどは、決定的な証拠を見せてあげる。鮎川優貴が男のアレをしゃぶってるとこを写真にぬすみどりしてきてあげる。それを事務所にもマスコミにも送ってあげるから、そうしたらみんなにわかるよね……はづきちゃんだって……」

「アンタなのね」

はづきは叫んでいた。

「恵美子じゃない。恵美子じゃないわ。おかしいと思ってたんだ。アンタでしょう――ユウキと浩司さんのこと、事務所や雑誌にチクったの、アンタでしょう。どうしてなの。どうしてそんなひどいことするの。ユウキになんのうらみがあるの」

「大きな声出さないでってば。はづきちゃんらしくないよ」

私らしいって何のことよ！　私の何をアンタなんかが知ってるっていうのよ！

「うらみなんかないよ。鮎川優貴なんか――男なんか興味ないもん。だけど、はづきちゃんがあんなやつにだまされてるのはイヤなんだよ。だから調べてあげたんだよ。あの男はダメだよ。本当に田所浩司の部屋で何回もセックスしてるんだよ。本当だよ」

「やめてったらッ！」

どうして電話切らないんだろう、あたし――

「あいつはおカマなんだよ。そんなやつのこと、ファンになっちゃ駄目だよ。ファンになるんなら＊＊＊＊みたいなのがいいよ」

知らない女の子の名前をそいつはいった。

なにそれ。

「＊＊＊＊はとってもイイんだよ。とってもおっぱいがおっきくてね——はづきちゃんはちょっとおっぱいがちっちゃいね。でも大丈夫。毎日吸ってあげてればすぐに大きく——」

「イヤらしいこというの、やめてよッ！　アンタ、誰なのよッ、アンタなんか知らないわよッ！」

「はづきちゃん」

平気で馴れ馴れしい声——

「ねえ、はづきちゃんのオッパイのこと考えてたら、タッちゃった。……テレホン・セックスしようよ。それとも本番がいい？　いまはづきちゃんの部屋のすぐ近くにいるから、カギあけといてくれればすぐ入れるよ……はづきちゃんのオ＊＊＊にすぐ入れられる……」

思いっきり、叩き切ってやった。

そのあとで、やっと、はじめて、からだががくがくふるえていることに気がつく。

どうしていいかわからない。電話したくてもまだ恵美子はうちについていないだろうし——

五時半。

ひとりでこの部屋にいるのがなんだかたまらなくおそろしくて怖くて——もしまたノック

がきこえてきたら気が狂っちゃうんじゃないかと――

あのときは結局ノックはきこえなかったけど、カギを何回も何回も確かめて……でもって、朝になってまわりがすごくにぎやかになって大勢人が出てくるまでずっと布団をかぶってふるえていた。

ママにいってすぐ警察に連れてってもらったけど――警察は、一人暮らしは当分やめておきなさい、というだけで――

何もしてくれやしなかった。電話番号変えたらどうですか、とか……女の子の一人暮らしは、理由もないのにしないほうがいいんだよ、とか――

みんな、はづきがどうにかなっちゃったほうがいいと思ってるのねッ！

あいつ――

それに、どうしたらいいんだろう。

そんなことって……

心が千々に乱れる、ってこういうことというんだろうか、ってはづきははじめて知ったの。

（はづきちゃんがあんなヤツにだまされてるのはイヤだよ。だから調べてあげたんだよ。あいつは何回も田所浩司の部屋でセックスして……）

どうしよう。

ユウキが田所浩司と恋人どうしだった、ってこともすごいショックだけど――

それにもまして――

ユウキがホモだってことを――事務所にバラしたのは、コイツだったんだ。

ユウキはそれを、現場写真とった恵美子のせいだと思って恵美子を殴っちゃった。そのせいでしばらく仕事は謹慎になったし――あの『土曜日の殺人者』だけはすませたらしいけど、そのあと、しばらく、ホされちゃったみたい。ずっと事務所にこないし、スケジュールが入ってなかった。FCからも何の連絡もなかったし。FCもどうしたのかわからないみたいだったし。

それがもしこのイヤなイヤな変質者のせいだとしたら――

(はづきちゃんがあんなヤツにだまされてるのが……)

(はづきちゃんのために調べてあげたんだよ)

(はづきちゃんのために……)

はづきのために。

それが本当なら――

ユウキが田所浩司とつきあってるってバレちゃったの、はづきのせいだ。

恵美子どころじゃない、はづきが悪いんだ。

ユウキがホモだなんて思いたくないけど、浩司さんなら――ちょっとだけ、認めてあげてもいいような気がする……だってすごく、キレイなカップルだってのは、ヤオイ系じゃないファンでさえ認めざるをえないくらい――背のたかいがっちりして顔もすごくシブい浩司さんと、キレイでほっそりして女顔のユウキ。

それこそ少女マンガまんまだよねーってそれはけっこうみんないってたから――ほかの人よりか――まだはづきでさえガマンできるし……もしユウキが本当に彼のこと、愛してるんだったら、たとえはづきとしてはユウキがホモだなんて絶対イヤでも、でもそれはユウキの人生だから……

でもそれを、はづきにとりついた変質者のおかげで、そんなスキャンダルになっちゃったりしたら――

さいわい、そのあと、あんまりショッキングだったからかどうかわかんないけど週刊誌とかには、ユウキと浩司さんのネタとかは出てないけど……

でもいつ出ちゃうのかわかんない。

はづきはどうしたらいいんだろう。

はづきのせい。はづきのせい。みんな――ユウキに迷惑かけたのは――恵美子が殴られたのも、恵美子殴ったせいでユウキがつらい立場になったのも――

はづきがあんな変質者ヤローにとっつかれたせい。

でもそんなことって……

なんではづきなんかに――

はづきべつだん美人でもなんでもないのに……

なんではづきなの、なんで……

そんなのって、あんまりヒドいじゃない。

どうしたらいいんだろう……

どうしたら……

ああ、またベルが鳴ってる……最近ではもう、電話のベルが鳴るたんびに全身がけいれんするみたいになっちゃう。

会社だってずっと……休んでるし……

どうして？

どうしてこんなことするの？　どうして？

どうして？

優　貴　8

「まだ、懲りてないみたいね」

荻野社長の目はひどく冷たかった。

まるで、汚いものか——イヤなもの、道ばたの轢き殺された猫の死骸でも見るように僕を見る——

うっかり踏んでしまいかけた汚物みたいに。

ホモだというだけでこういう目で見られるものなのかな、だとしたらこれまで、浩司はたぶんずっとこういう目で見られてきたのだろうか、と僕はかすかに思う。

もちろん、だからって自分を強姦したやつのことを同情することなんて絶対できないけれども。

「何のことでしょうか」

「しらばっくれるつもり。まア、いいわ」

荻野さんの態度はこないだとは全然違っている。目を僕からそらすようにして本当に僕を見るのもイヤなんだろうという感じがする。

「まだ、あの男と切れてないんだそうね」

「………」

「あの男。田所浩司」

「………」

「今度は自分の部屋にひきこんでイヤらしいことをしてたんですって？　投書がきたのよ」

汚らわしそうに社長は封書を机の上に投出す。僕は食い入るようにその手紙をにらみつける。俺を見張ってやがるのか——俺をつけまわし、俺をおとしいれようと！

あの女——何のうらみがあって……

「すごい声を出してたから外まできこえた——録音したから証拠が必要なら送るって書いてあるのよ」

「………」

汚らわしくて返事もしたくない。

荻野さんは僕をにらみつけた。

「田所が部屋から出てくる写真が同封してあるわ。見たければ、見るといいわ」

「………」

「何もいわないわけ？　そうか、プライヴェートだっていいたいの？　あなたは一応うちで預って売出している商品なんだからね。うちに責任はあるけれども、あなたのほうだって契約に対して忠実である義務はあるのよ。うちがプロデュースして成功したイメージをファンの女の子たちに対して持ち続けるという義務が。──あなたは一応白馬の王子様だったんだからね、FCの子たちにたいしては。それが田所浩司あいてのおカマじゃあ、女の子たちは──いろいろとってきてるCM関係のスポンサーだって──」

「………」

「別にプライヴェートがどうあれ関係ないケースもあるけど、あんたの場合はそうじゃないのよ。ともかく、当分のあいだ、うちではあなたのプロデュースはしかねるし、このスキャンダルのほとぼりがさめてからでも、あなたがもし田所浩司と別れて──その、ホモだかなんだか知らないけどそれをやめる気にならないかぎり、うちではあなたの面倒は見られないと思って下さい。いいわね」

「結構です」

僕は云った。激しい、煮えたぎるような怒りをもてあましながら。

「先日も云いましたし、もう二回同じことはいいたくないですが、僕はホモじゃありません。男となんかセックスするのは大嫌いです。こないだのは、はっきりいいますけれど僕は強姦されたんです。田所浩司も大嫌いです。『土曜日の殺人者』が無事にとりおわるまでは、と思って大人しく我慢していた僕が大馬鹿でした。……でも、そういうことすべてとは別問題に、僕は事務所をやめるほうがいいだろうと思います。僕は、いまあの女に対してかなり怒ってますから──たとえもし万一本当に僕が田所浩司とつきあってたりしたとしても、それをつけまわして自宅のなかのことまで録音したりきき耳をたてたりそれを密告したり、そんな行為はやりすぎどころか犯罪だと思います。いくらあの女が僕のファンだろうがなんだろうが、ここまでされてどうして我慢しなくてはならないのですか。それはいかに有名税だとかいってもやりすぎだと思います。事務所のほうでこんな犯罪を不問に付されるというんだったら、僕のほうはこのままにしとくわけにはゆきませんから、たぶん先日みたいなことをまたしてしまうと思います。僕としてもこのままますますわけにゆきませんから。ですから、ご迷惑をかけることにもなると思いますし、僕もそうやって密告みたいな行為で一方的にきめつけられて僕のほうの言い分はまったく信用してもらえないのでは、安心して身柄を預ってもらうわけにはゆきませんから。長いあいだお世話になりました」

「ちょっと、待ちなさい」

荻野さんの声が、いぶかしげなひびきをおびた――

「さっきからあの女、あの女っていってるけど、それは何のことなの。――この手紙をよこした人は、手紙がついた確認に電話をよこしたよ。これをした人は、男だよ」

「おと……？」

僕は、瞬間、なんのことかわからなかった。

男…………？

でも――

でもあのファミレスの――

それとも……

「まさかと思うけれどね」

荻野さんがいやでたまらない、というようにいった。

「これはホモの痴話喧嘩かなんかにウチがまきこまれてる、ということじゃないんでしょうね。まったく、とんだ見込違いだわ。アンタだけはこの世界で一番ホモなんてものからは遠いだろうと思ってたのに。希代の女殺しに育ててやろうと思ってたのにね」

優　貴　9

僕の思考能力は停止してしまったみたいだ。

よく、ものが考えられない。ぼうっとして――本当のばかになってしまったみたいだ。

(男……)

(男……でも……)

頭のなかがぐるぐるぐるぐるぐるまわっていて、まともにものが考えられなかった。

どうやってうちにたどりついたのだか、ほとんど覚えていない。ただ、気がついたらうちの前にいたからたぶんタクシーに乗ったんだろう。いけない、本当にこれじゃ僕は頭がおかしくなりかけている、と思う。

(男……あの女じゃなかったのか……でも……)

(でもそんなら、僕は……)

(僕はあの女を殴ってしまった……なぜだ。なんのために……)

(でもあの女が写真をとって……)

あの女の恋人かなんかなんだろうか。

荻野さんはなんかまるでおタクみたいな、変質者みたいな気持わるい声で気味わるい喋り方をする男だった、といっていたが――

まさか、浩司の恋人――僕に浩司をとられたと思って？

どちらにしても、どうして僕が――いよいよ人気が出てきてすべてこれからだと思って――何もかも順風満帆にいっていたはずの僕がそんな――そんなことにまきこまれなくてはならないんだ？

わからない。

なんだか何もかも、いっそうわからなくなるばかりだ。

どうしたらいいんだろう――どうしたら。

何がなんだかわからない。誰かに助けてほしい。だけど誰に助けを求めたらいいのか――

どうして浩司となんか寝てしまったんだろう！

それを思うと胸を嚙む苦痛に頭をかかえ、顔をかきむしってわめき出したくなるほどのやけつくような感じがした。

どうして浩司と寝てしまったんだろう――

僕はホモじゃない。いくら浩司に迫られたからって、口説かれたからって、何も応じなければそんなふうにしてこんなことでけつまづくことなんて――

あのときは、いったい何を考えていたんだろう――なりゆきとはいえ、二回目、というか最初の夜の二回目だ……あのときしないで怒って帰っていれば――二回目はしないですんだだろうし――こないだの腹立たしいレイプだって――

　何もかもけしゴムで消してなかったことにしてしまいたい。

　すべてをもう一回あの時点でやりなおしたい――僕は泣きわめきたいような、駄々っ子のようにころがって泣きわめきながらそう叫びたいような気持で思った。

（みんなチャラにしてくれ）

（どうしてあんなことを――どうしてあんな……）

　あんなことを僕にしかけた田所浩司が世界から消滅すればいいのに、と熱烈に僕はありったけのむなしい願望で思った。

　奴さえいなかったら――あんな関係さえ、奴がしかけてこなかったら――

　あんなやつのために俺の何もかも順調なはずの人生が蹴つまづくなんて！

　絶対に許さない。絶対に認めない。絶対にイヤだ。

　絶対に――

「優貴！」

　僕は叫び声をあげていきなり衝撃のあまり気を失ってしまいそうになる――そこでぶっ倒れたら道路で思いきり頭をかち割ってしまってたかもしれない――そのほうがよかったかもしれない。

「なんで……ッ！」

　僕は自分が絶叫をほとばしらせるのをきく。

「なんで、そんなふうに——そんなコトすんだよッ！　なんだって俺のあとそんなふうにつけまわしたり待ち伏せしたりすんだよ！　お前のおかげでとうとう事務所までクビになっちまったよ。これで満足か？　それともこれはもしかしてあんたがライバルのプロダクションかなんかに頼まれて俺のことツブしにかかった陰謀なのかよ？　そうなのかよ？　汚えよッ——こんなの汚えよッ……！」

「事務所を——？」

浩司はまたしても僕の部屋の前で僕を待っていたのだ。一応売れっ子なのに、見つかったら困るとは思わないんだろうか、それ以前に仕事はどうなってるんだろうか、などという疑問はもううかぶほど僕のほうがおちついた状態じゃなかった。頭がガチャガチャで——きっと向こうだってそうだったんだろうと思う。田所浩司のハンサムな顔はこの数日でおそろしく憔悴してげっそりと頬がこけて別人みたいになっちまってたもの。

「本当かよ」

「こないだ——こないだアンタが俺んちで俺をヤッ——ヤッたときにっ……誰か親切なヒトがきいてたんだってよッ！　でもって録音してその声事務所に親切にタレこんでくれたんだよ！　写真もとってやるっていってるよ——アンタの昔のオトコかなんかじゃないのかよ。俺アンタに——本当にアンタにこんなことされる理由ないよ……俺、本当にアンタのこと——殺してやりたいよ……」

「優貴！」

浩司の手がのびてきて僕の腕をつかもうとする。めまいのするほどの嫌悪感で僕はそれをふりはらった。

「触るな。俺に触るな！　もう二度とゴメンだ！　あんたにかかわりあってから俺の人生、何もかも狂っちまったんだ。もう二度と俺にかかわらないでくれ。頼むよ——頼むからもう——頼むからもう俺をそっとしといてくれよ……」

なんて、なさけない——

そう思いながらもとめることができなかった。

僕は激しく狂ったように泣きじゃくり出してしまってた。もう二日くらい寝てなかったし——食べてたかどうかもほとんど思い出せないし——酒ばかり飲んでたような気もするし——いまは酒を飲んで酔ってるのかどうか、それさえもわからないようなひどい状態で……それもこれも何もかも……

「優貴。しっかりしてくれよ。頼むから俺の話、きいて……」

「もう——もう話なんかないよ！　俺につきまとうな。頼むから俺を……頼むから！」

「頼むから俺の話きいてくれよ！　頼むから！」

ハタからみたらきっとおかしな光景だったんだろうと思う。

男が二人、マンションの廊下でもみあいながら大声で「頼むから！　頼むから！」って同じことを怒鳴り合ってるなんて——

だけどそんなことも考える余裕はなかった。

「頼むから話きいてくれ！　頼むから！」

「俺が頼んでるんだよ！　もうイヤなんだよ！　あんたのおかげで何もかもメチャクチャだよ！　頼むからもう俺のことかまわないでくれよ……頼むから……」

いきなり隣のドアがあいて中から首がつきだしてきて、「シーッ！」といった。

あわてて浩司がなんかあやまってるようだった。それから浩司は、「カギかせ。カギ」とささやいた。僕も動転していたので反射的にカギをとりだしてわたした。浩司がカギをあけて、僕を部屋のなかにひきずりこみ、カギをかける音ではじめて僕ははっとなった。もうごめんだ！　こないだの二の舞はごめんだ！

「何やってんだよ！」

「優貴。愛してるんだ」

「愛してなんかほしくないよ！　アンタ、俺のことなんだと思ってんだよ！　やっちまえばおとなしくなる痴話喧嘩かなんかだと思ってんのかよ！　俺の自由意志はどうなるんだよ！　俺がこんなにやだっていってんのがわかんねえのかよ！　俺に近づくな、俺に……俺にもう二度と……」

「愛してるんだ」

いきなり、浩司は僕の足にしがみついた。

ずりおちるようにして太腿から両腕で抱きしめたまま足元のほうへずりさがっていった。

そして土下座してしまった。僕はなんとなく茫然となってそれを見ていた——おっそろしくしらけた気持と気持わるい気持と、そしてなんともいいようのない恐しい気持——まるで《エイリアン》の怪物にじりじり寄ってこられて宇宙船のなかで二人きりになっちまってるみたいな——

「愛してるんだよ。愛してる——好きなんだ。こないだ抱いてそれまでよりもっとお前が可愛くて可愛くてたまらなくなっちまった。もうお前なしじゃ生きてゆけないんだよ！　頼む。頼むから、なんでもするから、俺のものになってくれ。お前が事務所やめたっていうんなら、俺必ず責任とるから——お前の人生全部引き受けてやるから！　だから、頼む、愛してるんだ——愛してる、好きなんだ、愛してる……」

僕は茫然として見下ろしていた。

大の男がこんなふうに泣きじゃくるところをはじめて見た——しかもそれが、僕のことを、「愛してる、愛してる」っていいながら——僕に蹴りとばされてもふみつけられてもかまわない、みたいな感じでカエルみたいにぺったりとなってわあわあ泣きながらすりよってくるなんて——

「やめろよ……」

僕は自分がひどくかすれた奇妙な声でうめくようにいうのをきいた。

「やめてくれよ……それ、やめてくれよ……」

「愛してる。愛してる。優貴、愛してる……好きなんだ……抱かせてくれ……俺から逃げないでくれ……」

「頼むよ。頼むからやめてくれよ……やめてくれよ——それやめてくれよ……我慢できないよ……」

妄執。

これが、そういうものなのか。

それはこれまで、僕の知らなかったものだ。

知りたくもなかったし——一生知らないでいたかったものだ。

こんなのは——

こんなのは——

こんなのは——嫌いだ!

我慢できない。

なんだかわからないけど——

まるでねばねばしたアメーバが這いずり寄ってきて僕の足にからみついてとりこんで——僕をひきずりこんでしまおうとしてるみたいな——不快感。

たまらない不快感。

(イヤだ)

(イヤだ)

(ああ——イヤだ!)

絶叫したくなる。のどいっぱいにつかえてくる。

こんなのはイヤだ！

田所浩司のこんな姿なんか見たくない。愛してなんか欲しくない。田所だけじゃなくて誰にだって愛してなんかほしくない。

「イヤだよ」

僕はうめくように云ってる自分の声をきく。

目の前に気味のわるいモヤモヤしたミミズの集団みたいなものがじわじわーっとひろがってきて——

「イヤだよ。やめてくれよ。我慢できないよ。イヤだよ。やめてくれよ」

「優貴——愛してる。愛してる。愛してる。愛してる……」

それしか言えなくなってしまったみたいに——

田所浩司は顔じゅう涙とよだれで汚してわあわあ泣きながら僕の足にしがみつき、僕の靴に顔をすりつけている。

ぞっとする——背中に冷たいものが上がったり下がったりし、そしてかーっと次の瞬間全身が燃えるように熱くなる。

「イヤだよ。やめてくれよ。イヤだよ。頼むからやめてくれよ」

「優貴——優貴——優貴——好きだ——優貴……」

田所浩司の手が這い上がってきた。

僕の股間にのびてきてジッパーをおろそうとする——こないだレイプされた記憶が、コイツの口が僕のをくわえこんだ感触やコイツの——すごい生々しい感触がまだそのままそこにあるみたいに僕を襲う。

叫び出しそうだ——それとももう叫んでるのかもしれない。

イヤだ。イヤだ。イヤだ。イヤダ。イヤダ。イヤダ。イヤダ——

「はなせよ！　は——な——せ——よ——！」

「優貴——優貴——優貴——」

浩司の口が僕の股間にむしゃぶりつこうとする。

僕はわめき声をあげて蹴りはなそうとする——向こうのほうが力が強いのを忘れていた。

ぎゅっと握りしめられて僕は絶叫をあげる。

「イヤだーッ！」

どうやって、それをつかんだんだかなんて覚えてない。

ギャっという奇妙な声がする。目の前で、額を割られて血だらけになった田所が奇妙な目つきで、なんともいえない奇妙な目つきで僕を下からはいつくばって見上げている。だらだら血がこぼれてその顔を網目状に汚す。もう田所浩司はちっともハンサムじゃない。

それでも彼は手をのばして這い寄ってきた——アメーバそっくりに。エイリアンみたいに。

「優貴、優貴、優貴——俺を殺すのか？　お前になら、殺されてもイイよ——優貴、好きだ、愛してる、愛してる、愛してる……」

田所浩司の血だらけの顔が、化物に見えた。

それとものっぺらぼうのお化け――

（そこに、のっぺらぼうがいたんです！）

（それは、こんな顔でしたか――？）

「わああああああああああああ――――――――――――――ああああああ！」

いつまでもいつまでも続く絶叫。

誰があげてるんだろう。

スタンドをつかんでもう一回。

それからもう一回。

（愛してる――愛してる――愛して……）

（優貴――優貴――優貴――）

怖い。

ただ、無性に僕は怖かったのだ。

《愛してる》という呪詛の声をあげながら僕にねとねとと迫ってくるこの妖怪が――《愛してる》という名前の妖怪が。

（助けて。誰か助けて）

助けてくれる人なんか誰も――

誰も知らない。

みんな敵だ。みんな――

世界じゅうが——

僕を犯そうとして、壊そうとして、僕の中に踏込もうとして、僕のなかに入ってこようとして、僕のすきをうかがっている。

誰もかれも敵だ——誰もかれも。

遠くでパトカーのサイレンが鳴っていて——

ずっとあとで退院できるほどよくなってきたころにはじめてきいたけど僕は胎児のようなかっこうで身をまるめたまま、血の海のなかで硬直してずっと絶叫を続けていたので、カギをぶち壊して飛込んできた警官たちは、最初どちらが被害者のほうだったのか、見分けることができなかった、ということだった——

はづき　9

これでこのおへやに戻ってくるのもさいごなのだ。

あとは引っ越し屋さんが入るだけで——

ママもパパもとっても心配していてどうしてももう、はづきが一人で暮らしているのは駄目だっていうし、はづきも——なんだかはづきもすっかり疲れてしまって、もうこれ以上はっていう気持になっちゃったし。

そんなに長いこと住んでたわけじゃなかったし、ここではそんなにいいこともなかったから、思い出もそんなにないけど——

でもはじめて、はづきの持ったはづきだけのおへやだったから。

なんかすごく、はづきはセンチになっちゃってるのかもしれない。

ここで、もっとしあわせな思い出があればよかったのに——

でももう——

カギをさしこむ。あける。なかにはいる。大きなものはもう引っ越し屋さんにまかせることにして当座の身のまわりのものだけ——

あと、ここにきてからぐんとふえちゃった――ユウキの関係のもの、アルバムとか出まちの子たちと交換したたくさんの写真とか、TシャツとかCDとかテープとか――

これだけはさきにはづきの手で持っていってあげなくちゃ。

なんだかすごく――

時間がたっちゃったような気がするけど。

あのころから、なんかすごく時間がたっちゃったような気がするけど。

なんだか何もかも変ってしまったみたいで――

ううん、でももう何も考えないようにしよう。

とりあえず、はづきはこのおへやを出て――おうちに戻って。

当分、会社ももう正式にやめて、パパはもうつとめんでいいっていうけど、ずっとうちにいたりしたら退屈だし、それに――

それに外にも出られなくなるし。

もう、追っかけで夜遅くなるコトもないけど……

またあんなに誰かのコト、好きになることあるのかな……

好きだったよ。ホントに、好きだったよ。その顔も声もお歌もお芝居も姿もファッションもちょっといたずらそうな笑顔もみんなにもかも。

こんなにひとのこと、好きになったの、はじめてだったのに。

かわいそう、ユウキ。

かわいそう――はづきも、恵美子も、みんな。
あ、浩司さんも。
ユウキ――
でもこのCDも写真も絶対捨てないからね。だから安心してね。
はづき、ユウキのファンだったこと、誇りに思ってるからね。
いまも――いまだって好きだよ。
何があったって――
待ってるからね。
はづきだけは。ずっとずっと。
だから――
この写真、大阪のときの。
こっちは、ファン親睦のつどいんときの。
この一年――
なんだかはづきの思い出って、ユウキに関係したことばっかりみたい。
やだ。
涙、出てきちゃった。
もうイッパイ泣いたから――もうたくさん泣いたからもう泣かないと思ってたのに。
ユウキ――

好きだったよ。

いまでも——いまでも——

ユウ——

とつぜん。

手の動きがとまる。

や……

カギ、かけて……なかったの？

はづきいま……

心臓が。

どくん、と音をたててこおりつく。

だれ、この人。

入口に立って——

はづきを見てる人——

知らない。知らない。

あなたなんか知らない。

いや。いや。いや。

あなたなんか知らないんだからぁ——

「はづきちゃん」

なんかなつかしそうに――

にやにやした笑い方して。

なんで……はづきのことなつかしそうに……「はづきちゃん」なんていうのか……

「はづきちゃん……会いたかったよ。はづきちゃんも、ボクに……会いたかったかなあ？」

いや。

声が出ない。

怖い――のかしら。よくわかんない。

ただ思っている――はづきにどうしてこんなこと――はづきにこんなこと、おこるわけないじゃないのぉって――

なんだかすっごく――世界じゅうがしずかで……

音が全部なくなっちゃったみたいに……

時計の音だけがかちかち、かちかち、かちかち、かちかち――

近づいてくる……なつかしそうににやにやした笑いかたしながら――はづきにちかづいてくる。

だれ、この人。

だれなの。

はづき知らない、こんな人知らない。

ヘンな笑い方。ヘンな顔。いや、なに、それ――

こっち、こないで――

こっちこないでよぉぉ！

「はづきちゃん……はづきちゃん……夢みたいだなァ、やっと本当にはづきちゃんとできるんだね……ずーっと、声ばっかりきいて一人でコスってたからさあ、いつはづきちゃんと本当にできるようになるのかなって……はづきちゃん、どうしたの？　ボクがわからないの？」

音がしない。

世界じゅうがしんとしてて。

どうしてこんなにしずかなんだろう――

そんなに真夜中なわけでもないのに。

からだが熱くて……冷たい。

あたまのシンが冷たくて熱い。

声が出ない……はづきの声、出なくなっちゃった。

どうして……

ユウキ……

ユウキ、助けて、　ユウキ。

パパ――

ママ――

さとちゃん……

「イヤァァァァ!」

誰かが叫んでる声がする。

変な声、変な――

あれはづきの声……じゃない。だってはづき声が出ないんだもの……

どうしてしまったんだろう。

なんだかなにもかもスローモーションみたいに……

いやだよぅ――いやだよぉぉぉ……

あの変な――あの人が手に握ってる――あれ、なに?

いや、気持悪い――

ユウキにもあんなの――ついてるの?

いや、そんなの――

さとちゃんのはもっとずっとちっちゃいころだけど、もっとずっとかわいくって……

ユウキが男の人だなんて、考えたことなかったし――

だってきれいだから……

世界じゅうがしずかで――

力がはいんない。

はなして……はなして――頼むから、やめて、頼むから……いや、さわらないで、おねがい……

「あああああ！　あああああ！」

誰かが——泣いてる。

はづきかな。はづきじゃない。

こんなのって——

なんかすごく変、すっごく変、すごくありえなくて、すごくばかみたいで、すごく現実感がなくてすごく、すごく、すご

昌一 4

俺は怒っている。

そんなつもりじゃなかったのに――そう思って俺は怒っている。

（どうして、あんなコトするんだ。どうしてあんなコトするんだ。どうして）

あんなふうに、俺の股間を蹴るなんて。

あんなふうに俺のこと、ヘンタイ、だの変質者、だの痴漢だのってののしるなんて。

はづきちゃんが――もうイヤだ。その名前さえもう抹殺してしまいたい――本人はもう抹殺した。だからあとは名前さえ抹殺すればいい。あの女があんなことをするなんて。あんなふうにいうなんて。俺はとても傷ついたのだ。ここしばらくでいちばん傷ついたかもしれない。こんなひどいめにあういったいどんなことを俺がしたというんだろう。

俺は結局あの女のオマンコに二回つっこんだだけだった。本当はもっとやってやりたかったのだが、すぐに動かなくなっちまった。ナイフでさしたのがきいたのかもしれないし、その前にしながら首をしめたのがきいたのかもしれない。俺は前にきいたことがあった。射精する瞬間に女の首をしめるとすごい快感になる――アソコがぎゅーっとしまってすごい快感になるってきいたからやってみたかったのだ。だけど殺すつもりじゃなかった。俺はそんな人間じゃない。だから、俺は殺さない程度にぎゅーと首をしめただけだ。女は泣いていた。俺のアレを突っ込まれながら女はべそべそと泣いていた。俺はすぐ出てしまった——いつも一人でオナニーしながら思ってたのとは全然なんだか違っていて本当の女のアソコはなんだかぶよぶよしていてあまり締めつけてこなくてそれにずっと泣いているのでなんだかすごく気分がそがれた。腹立たしかった。俺が想像してたのはそんなんじゃなくてもっとずっと素晴しいものだった。一回してそのあとで世界が全部かわってしまう、みたいな、それまではあの女だって俺のことは知らなかったけれどもそのあとでは誰よりも世界中の誰よりも一番一番大切な人になって俺とするのが何よりもイイってことに気がついて抱きついてきて俺にキスする、俺が想像してたのはそんなものだった。女はずっと泣いていたしアレはちっともよくなかった。自分でこすったほうがよっぽど快感が大きい。だから俺はいろいろ考えて首をしめてみることにしたのだ。きっとアソコがユルユルだからいけないんだろうと思う——だからぎゅっとしめてくれればいい気持になれるかもしれないと思った。ウシロを使うとよくしまってイイという話はきいていたけれどもそれは俺みたいな潔癖な人間には考えたくもないことだった。そうだ考えたくもない。あの女の好きだった男、なんといったかなもう忘れてしまったけれどもあの俳優かなんかはホモの女役で、ということは男役の相手にウシロに突っ込ませていたんだろう——よくウンコがつかないもんだと思う。それともつくけど平気なのか、ソコがよかったりするんだろうか。みんなヘンタイだ。絶対みんなヘンタイだ。

俺はアナルセックスなんてイヤだ。俺は真っ平だ——どんなによく洗ったってペニスにニオイがついて残っていつまでも不潔な感じがするんじゃないかと思うしそれに最近はとにかくエイズだってなんだってすごく心配なわけだからそんなことをするそんな無防備な人間がいるなんて俺にはなかなか信じられない。だけど興味がないわけじゃないけど、でもだからといってあの女は特にわりと清潔って感じがしなかったからイヤだ。あの女は生理だったのかもしれない。俺が入れるとヒイヒイいってずりあがって醜い顔で眉をしかめてぎゅっと目をつぶっていたがアソコから血が出てきて汚かった。処女の血じゃなかったことは俺にはよくわかった。だって茶色じみてなんだかすごく新鮮でない感じの血だったからだ。だからあれは生理の血だったのかもしれない。なんだかすごく不潔な感じがする——なんだか何もかも幻滅だった。俺はずっとあの女にふりまわされていたのかと思うとなんだか無性に腹がたつ。あんな女だったのかと思う。あんな女、俺が思ってやるような値打ちなんか全然なかったのに。ブスのくせに。足だって太いくせに、どうして——あの女は俺のことをヘンタイだっていった。俺のことをどうしてあたしにつきまとうの、変質者っていったんだ。そんなことをいわれて傷つかない人間がいるとでも思ってるのだろうか。俺はあたまにきた——だから、突っ込みながらぐいぐい首をしめてやった。そのときにも女は泣いてごめんなさい、ごめんなさいといった。でももう遅い——いまさらあやまるくらいならそんなことしなければいい。でもあのときにはまだ死んではいなかった。そのあとであの血が汚かったから俺は持ってきたナイフであのおなかを刺してみた。きれいな色の血が出るかもしれないと思ったのだ。びっくりするほど血が出た。豚を殺したみたいな気がしたし、女はすごい声を出しそうだったのでロのなかに下着をつめこんでやった。女は目をひらいてじっと俺を見ていた。なんだか何もかも幻滅だ、幻滅だ。何もかも俺の思ってたのとちがいすぎる。なんだか何もかもイヤになってしまう。何もかも話が違う。騙されたような気がする。俺は半年もずっとあの女を好きでずっとおっかけまわしていたのに、それが全部ムダだったかと思うとなんか本当にあたまにくる。何かかえしてもらわなくてはどうにもならない、というような気がする。女が動かなくなってから俺は女の服でナイフをふき、それからペニスをぬぐった。何回か射精はしたけどやっぱり自分でするほうが全然いい。そのまえにピンサロだかにいって汚い女にさわらせたときもやっぱり自分でこするほうが全然いいなあ、と思った。女ってどうしてあんなに身勝手なんだろう。全然男の気持よくなるツボみたいなもんがわからないんだ。おまけに汚いしくさいから途中で萎えてしまう。あの女は思ってたよりずっとからだに肉がついていた。胴体にけっこうぼってり肉がついていて、だから俺はそれをひっぱって遊んだりした。しながらなんだかむなしい気がした。俺はこんなとこで何をしてるんだろうなーって感じがした。でも射精はしたので一応気はすんだ。いったい何時頃だったんだろう。とにかく外は暗かったけど、俺はなんだかひどく疲れて外にでた。なんだか何もかもがだまされたみたいな、疲れた気分で——なんだってあんなことをしてしまったんだろう。

もっと、俺の想像してたのは——

歩き出せなくなる。

一……

二……

三………

四……

五、六……七……

八……九……

「十！」

ちゃんと数えられた。

今夜はだからそんなにすごく悪い悪い悪いことばっかりでもない。

とにかく、ちゃんと十まで数えられたからそのまま続けてちゃんと歩けるし——

コンビニでカレーうどんでも買っていって食べよう。俺はカレーうどんが大好きだ。

安っぽい銀ホイルのナベに入ったインスタントカレーうどん……

乾燥ネギと少しだけの豚肉と舌をさし、ノドにぴりぴりくるあのカレー汁の味がたまらないい。

そこにひやめしをぶちこんで食べるのもなかなか悪くない。俺はカップめんにひやめしをぶちこんで食うのも好きだ。でも一番好きなのはチキンラーメンにごはんをいれることかもしれない。

思ってるうちに腹が減ってくる。早くコンビニにゆこう。

窓はまっくらであかりもついてなかった。

俺はあのナイフをどうしたんだっけか？

どうもこのごろ疲れてるのかもしれない。どうもおかしいのだ。いろんなことがよく思い出せなかったり――だんだん、記憶巣が虫くいになってくるような感じで――でもたしかにパンツの中におさまってるペニスには、何回か射精した疲労感とそれなりの満足感みたいなものがたゆたっていて――

でももっと何回かヤッてもよかったな。

二回ですませることなかったんだ。朝までいればよかったかな。

でもそうすると誰かきてきっと大きな声を出したり――

いけない。

またきた。

数えなくちゃ。

一……

二……

三……

四……

駄目だ。

もう一回、はじめから。

一……

二……

三…………

四……
五、六……七……
八……九……

十！

よかった。

これがうまくいくとほんのちょっとのあいだだけものごとがうまくいく。

だのにあの女は俺のことをあざけったのだ。変質者！　変態！　なんてひどいことばをつかって俺をののしったのだ。

いくらなんでもひどいと思う。俺は変質者じゃないしまして変態なんかじゃない。

俺は、コンビニでカレーうどんを買うんだ。

今夜またオナニーをしよう。

ナイフをなめたらきっと血の味がすこしついてる。ナイフでちょっとだけ毛の端を切ってみようかと思うと急にペニスがうずうずして半勃ちになってくる。

あの女はそんなイイ女じゃなかった。

だからああなったのは当然なのだ。可愛想だなんて思わない。第一俺をみてあんなに怖そうな顔をする恋人なんていうもんかと思う。恋人を見てあんな怖そうな顔をするなんて失礼だし相手にたいして失礼だし俺にたいして可愛想だ。俺はずっと楽しみにしてたのに、はじめてはづきちゃんのオマンコに入れるときのことを楽しみにしてオナニーしてたのに。だのにどうしてあんなすごい顔して怖い、怖いって泣いたりするんだ。俺は傷ついたしだから俺はそれに復讐しなくちゃならなかった。誰も俺を守ってくれないんだから俺はいつだって自分で自分を守らなくちゃならないんだ。だから俺はいつもナイフを持って歩っている。よく切れるやつだ。ホントによく切れた。ホントによく切れたよあはははははははは、あはははは、あはははははははは……

誰かほかの女の子を好きになりたいなァーと俺は思った。いまいちばんしたいことはなんですか？　それは、彼女を作ることでーす。彼女はあそこにもここにもたくさんいるんだよ。だけどそのなかのどの彼女が俺の彼女なのかってことはなかなかわからないんだ。みんななかなか俺のほうにむかってにっこりしてくれないからね。みんないそがしそうにしてるからね。だけど俺はいつかかわいいカワイイ女の子を見つけて二人でしあわせになりまーす。もっとずっと可愛い子でもっとすごくオトナシイ子で俺のことをヘンタイだなんていわないなんで俺がヘンタイなんだよ俺は何もしてないと思う。すごくふつうにセックスしてすごくふつうにイッただけでアナルセックスもしてないしロにも入れてないし俺にさわってくれともいってないしヘンタイってそういうコトするやつのことなんだろだったら俺はヘンタイじゃないよどうして俺のことをヘンタイだなんていうんだどうして俺のことをヘンタイだなんていうんだどうして俺がヘンタイなんだ俺はとてもかなしくなるからヘンタイだっていわないでくれないかそうでないと俺は自分がホントにヘンタイみたいなきがしてくるそうしておれはほんとにじぶんがヘンタイだというきもちになってきてもっとへんなことをしてしまいそうなきがしてくるなにもかもおまえがわるいんだなにもかもおまえのせいだなにもかもふくながはづきがわるいんだってかんじがするだっておまえがおれのことをわらったからだいつもおまえはおれのことをわらってたのだおまえはどうしていつもおれのことをわらうのだどうしておまえはいつもおれのことをわらうのだわらうのだわらのだわら

昌一　5

カレーうどんがおいしかったので俺の気持はずいぶんおさまった。

あのまま戻っていってもう一回豚みたいにズブズブナイフで刺しまくってやろうかと思うくらい一時は腹がたったけれども、考えてみるともうあそこの部屋に戻るのはイヤだ。なんだかあそこにはもう戻らないほうがいいっていう感じがする。それに、カレーうどんを自分の部屋にもどってていねいにつくってゆっくり味わいながら食べてぴりぴりする汁を全部飲んで満足するあいだに俺は重要なことを考えついたのだ。

それはこうだった。

俺は忘れていたのだ。あの女、福永はづきをあんなふうにして俺に対して悪感情をふきこみ、俺をヘンタイだなんて思わせたのは、あの男鮎川優貴とそれからあの女、恵美子って女だ。あの女が悪い友達であれがあの女をいつも駄目にしていたのだ。あの女は悪い女だ。あの女は自堕落な女だってことは俺にはひと目でわかっていた。あの女はファミレスにつとめて朝帰ってくる。朝帰りするような女なのだ。それにあのイヤなタレントのことを福永はづきと一緒に追っかけをやったりしていたのもあの女だ。

やっとわかった。

あの女のせいだったのだ。あの女がいつもいつもいつもいつもいつも福永はづきに俺の悪口をふきこみ、俺のことをばかにさせ、俺と別れるようにしむけるようしていたのだ。

それでわかった。

俺はなんてばかだったんだろう。なんてだまされていて、なんて可愛想だったんだろう。あんなゲスなあんなブスな女のために俺の一生が台無しになるなんて、ぜったいゆるせない。俺の一生はあの女どものために台無しにされてしまったのだ。俺は本当ならなんでもできた。どんなことだってできたのだ。だのに毎日毎日数を数えなくてはならなくなってしまって俺はいそがしくてなにもまともなことが考えられないしまともなこともできやしない。こんなふうに頭がおかしくなってしまったのはみんな敵のせいなのだと思っていたがあの女はその敵の手先だったのだ。だまされた。すべてだまされた。もしかしたら福永はづきも敵の手先だったのかもしれない。きっとそうだ。だからあの女は俺を誘い込んで俺とセックスしてそうしながら俺のペニスをかみちぎってしまおうとたくらんでいたのだ。恐しいことだ。なんておそろしいことだろう。俺はもう死ぬのはいやだ。毎日毎日切腹しなくてはならないのなんてまっぴらだ。俺はもう死にたくない。俺は毎日毎日数えている。十まで数えてから歩き出す。外に出るとそれがひどくなって交差点で足がとまったら死ぬかもしれないしそうしたってだれにも俺がなぜ交差点でたちどまって動けなくなったのかわからないし――

カレーうどんだけが友達かもしれない。

そう思うとすごく自分がかわいそうになってきて泣きたくなる。だけどその前にまず勝田恵美子を殺すのだ。あれ。おかしいなとおもう。どうしてその名前を知っていたのだろう。そうか、俺はもとからその名前を知っていたのだ。だって俺はあのファミレスにいってあの女の名前を見てきたし、だからあの女が写真を——あのホモの男たちの写真をとったのも知ってるし、あの——

おかあさん。

みんながぼくをなかまはずれにするんだよ。

勝田恵美子。

やっとわかった。

俺の次のターゲットはその女だ。

でもこんどは大事な俺のペニスを突っ込んだりしてやらない。してやるものか。そんなことをしたらそんな助平な女を喜ばせるだけだ。女というのはいつでも隙をうかがっている。いつでも男をほしがって色目をつかっているのだ。そんな手にのってたまるものかと思う。俺はそんなものにだまされやしない。俺はお前たちが思ってるよりずっとずっと賢くて頭がよくて偉いんだからな。いまにお前たちがみんなびっくりするようなことがおきるんだからな、おれがいま数を数えなくてはならないからと思ってお前たちはみんな安心しているんだろう。ごあいにくさまだ。それがすんだら俺のためにお前たちはびっくりすることになるんだ。もう死ぬのはいやだ。もう毎晩毎晩こんなのはいやだ。あの女のおなかから出てきた血がびっくりするほどたくさん流れてそして俺はちょっとびっくりしたのであわててもう一回さしてそれからもう一回さしてそれからもう一回それから

昌一　6

勝田恵美子。

なんだか思考がとぎれとぎれになってしまっている。だんだんとぎれとぎれになるのが短くなってるような気がする。神様お願いだ。俺はいつまで人間でいられるんだろう？　そう、でもそのあいだにやれることは全部やってしまわなくてはいけない。それが俺の使命だからだ。あの俳優も神様の命令でかたづけなくてはいけなかった。男どうしでセックスするものは神の怒りにふれるからだ。ソドムの炎上だ。だからあの男こそ俺はやっつけたかったけれどもあの男はどこかにいってしまった。だからしかたないから勝田恵美子で我慢しなくてはならない。だけどあの女のところで勝田恵美子の住所も電話番号も全部わかったし、それにあの男の写真だのなんだのどうしてあの女はあんなにたくさん集めたんだろう。火をつけてきてやりたいくらいだった。いったい何を考えてるんだろう、ああいう女っていうのは。まったくわかりゃしない。だけれどもとにかく俺は出かけようと思う。もうちょっとたったら勝田恵美子のうちを確かめにいって、それから勝田恵美子に電話をしなくてはいけない。俺はとても忙しい。数も数えなくてはならないし、なんだかいつも忙しい感じがする。なんだかぐるぐると世界がいつも俺を追っかけ回してるみたいで俺はいつも逃げるように歩いている。あの女の名前はなんというんだったたっけな、とこないだ思い出そうとしてみたけどもう思い出せなかった。

もう、どうだっていい。

ただ勝田恵美子の顔だけが、わりとひらべったいごく日本的な顔だけが俺の目のむこうに朝も昼も夜もうかびあがってるのはなぜなんだろう。いつからこの顔にかわったんだろう。でもこれはきっと神様の命令だし、ということはこれは敵なんだ。それをやっつければ、このいつもなんだか頭のすっきりしないのも、いつも半分夢のなかみたいな感じもおさまるかもしれない。もしかしたら俺は少し頭がおかしくなりはじめているのかなーと思うこともある。だけど田舎の親を心配させるわけにはいかないし、それに俺は考えてみるとなんだか怖いものがある。このままこうやって年をとっていって俺はどうなってゆくのだろう。まるでサルみたいに自分でエロ雑誌を見てはペニスをこすり、そうしてなんだかだんだん数を数える間隔が短くなってきて、俺はいったいいくつになったんだろう。いつからこうなったんだろう。俺はどこにいるんだろう。俺には友達はいるんだろうか。ここは東京だ、すごく広い。そのなかで、俺がこうしてここに生きてることもこないだ福永はづきにペニスを突っ込んでそれからナイフをおなかにつきさして殺したことも誰も何も知らないで俺のかたわらを通り過ぎる。そうして俺はまた数を数えなくてはならない。いったい何がどうなってしまったんだろう。何が間違っていて俺は数なんかかぞえているんだろう。それもきっとみんな勝田恵美子が悪いのだ。あの女を殺せばきっと何もかもよくなるにちがいない。福永はづきは本当は神様が俺にくれた、俺の結婚相手なんかじゃなかったのだ。勝田恵美子を殺すときっと誰が本当の結婚相手だったのかわかると思う。勝田恵美子を殺してその次に会った最初の女、それが俺の運命の相手だ。また電話をしよう。こんどはうまくやろう。福永はづきより性格のいいおとなしい可愛い子を見つけるのだ。そうしてちっぽけなささやかなしあわせってやつ、夫婦一緒に旅行にいったりとかおせちを食べたりするような――そういうことはいつはじまるんだろう。なんだかすごく長いこと俺はこのコンビニの前に立ってるような気がする。早く勝田恵美子をやってしまおう。そのためにはまず勝田恵美子のところに電話することだ。俺がここにこうして存在してるんだぞ、ってことをおしえてやらなくてはならない。でないと俺はまたとけていなくなってしまう。こないだ夢にみたようにとけて透明になってどこにもいなくなって水たまりにとけこんで消えてしまうのだ。俺は消えたくない。俺はこの広い東京のなかでとけて消えてしまいたくない。勝田恵美子だ。勝田恵美子なのだ。

さあ、歩きはじめよう。うまく数が数えられるだろう。新しい出発だ。こんどはきっと何もかもうまくゆくはずだ。何もかもうまくゆくはずだ。何もかもうまくゆくはずだ。

こんどこそ幸せになれるだろう。俺はそう思った。

エロスの指先

大原　まり子

このところ、周囲で、アイドルや俳優やミュージシャンにハマッている人が多い。

それはもう大変な事態で、まだ彼が出世する前の雑誌を古書店で買い求めては豆粒ほどの写真を切り抜きスクラップし、スケジュール情報をとりまとめ、コンサートがあれば全国どこへでも出張し、出演したTV番組の感想などを日々インターネットのホームページにUP、ファンサイトの掲示板に書き込み、ファンのメーリングリストに参加、ついには同人誌まで作ってしまう――というディープなファン生活。

会社員なら仕事も通勤もあるけれど、自由業ともなれば仕事をしない自由もある。ファン生活に入り浸り、二年間ほとんど仕事をしなかった人を私は二人知っている。

私自身、とあるシンガーソングライターにハマッているので、気持ちは痛いほどわかる……この小説に出てくる、はづきや恵美子の気持ちが、熱病にかかったような会話が、とてもよくわかるのだ。

少女たちは「きれいなもの」が大好きだ。

はづきや恵美子は仕事もしているし、少女とよぶにはいささかとうの立った年代だけれど、女性はいくつになっても少女性をもっている。

この「きれいなもの」へのつきぬあこがれ、近づきたいけれど近づけない、という陶然たる心持ち。

自分たちの日常にはないキラキラしたもの、日常を裂く、輝ける異空間を垣間見たいという思い。

それは、「聖なるもの」への渇望ではないだろうか？

栗本慎一郎は「同性愛の経済人類学」という論考の中で、次のように書いている。

性愛の根本動因はエロティシズムであり、そこへの浸潤において人間は一瞬の死に浸る。一瞬の死とは、人格的宇宙に対応する他界、即ち神話的宇宙を、瞬時、垣間見ることにほかならない。しかし、神話的宇宙が死者の国だということではない。聖なる他界は死によってだけではなく、激しい侵犯によってもうかがうことができる。ある瞬間には、最も貴重な富の蕩尽や破壊によってもうかがうことができる。祝祭における財や秩序の破壊、生贄《いけにえ》の供犠、近親相姦のタブーの侵犯などにおいても、人は、本義のエロティシズムを感得し、聖なる他界に接触するのである。

だから、性愛の根源はエロティシズムではあるが、エロティシズムの根源は別に性的なものではない。それはきわめて経済学的なものなのだ。

エロティシズムは必ずしも性を伴わない、というのである。

エロティシズムとは、貴重で得がたいものに触れること。時には、そういったものを〝破壊する〟ことで――聖なる神話的な世界に触れることだというのだ。

そして論考は、古代アステカ帝国の人身供犠に触れる。

やがて生贄として殺される女奴隷は白装束を着け、踊り狂う。王のような聖性を身にまとい、殺す男との間に、肉体を介さないでも、肉体的結合に勝る最上の官能――オルガスムスを得たであろうという。

さらに青髭ことジル・ド・レの例を引く。

このフランス中世の名門貴族は、領内の美少年たちを次々に拐《かどわ》かしては、性交よりもむしろ残虐な殺人によって至高の快楽を得た。首を吊って瀕死の状態の少年や、血管を裂かれ、じわじわと死に至る美少年によって、最高のエロティシズムを感じたのである。

エロティシズムは、愛というより、むしろ死に近いものなのだ。

ジル・ド・レにあっては、同性愛、小児愛、死体愛、屍姦、極度のサディズム、血液嗜好症など、「性的倒錯」なんでもアリ、である。

倒錯――すなわち希少であり、禁忌であるものこそが、得がたい、近寄りがたい、それゆえキラキラ輝く「聖なるもの」となる。

そして、近代社会では、タブーであり、隠蔽されている同性愛が、希少であるという経済学的な面から、「聖なるもの」としてクローズアップされてくるという。

栗本薫の小説を読んでいると、なんとまあ、エロスの感覚に素直で忠実なことか、と思わずにはいられない。

若いスターを追う女の子たちのエロス、その女の子を密かに追いかける青年の性的妄想に満ちたエロス、スター街道を登りたいと願う青年と、その青年に本気の恋をしてしまう男優のエロス、そして、男同士のエロスに官能してしまう女たちのエロス……。

繊細なエロスの指先は、次々にエロティシズムを誘い出す「聖なるもの」を指さし、白日の下に曝《さら》す。

誰もが非日常的な、過剰な妄念を抱え、持ちきれずにやがて自壊してゆく。

リアルな生活の中ではちゃんと恋人もいる恵美子が、売り出し中のスター、優貴にあこがれるのも、「聖なるもの」に触れたいというエロティシズムへの欲望だ。

優貴が年上の美形の男優に抱かれるなどという事態に至っては、もはや妄執を止《とど》めることもできない。

男女の仲など、今の世の中では、それこそズブズブの日常にすぎない。目の前の、いつでも抱き合える恋人とは別の次元に、スターへの道を登り始めた優貴という存在がある。

男性を知らないはづきにとっては、もとより優貴は、聖なる存在だ。

一方、優貴の側からはどうだろうか？

ついてきてくれるファンを最初はありがたいと思い、人気のバロメーターと感じながら、やがて奇妙な感覚に襲われる。ファンの子たちは、本当の自分を何も見ていないのではないか。彼女たちは〝優貴〟というアイドルを、妄念の中で弄《もてあそ》んでいるだけではないのか、という疑い。

ファンがファンであるかぎり、そこにリアルな人間を見ることはほとんどない。「コンサートで何千、何万というファンに囲まれながら、ベッドをあたためてくれる相手は一人もいない」という、悲嘆に満ちたスターのインタビュウ記事を思い出す。

現代においては、カリスマ性を帯びたアイドルやミュージシャン、あるいは作家なども、一種の生贄としての役割を負わされるのかもしれない。

今の時代は「聖なるもの」、神話的宇宙に触れる機会が極端に減っている。

普通に生きていて、祝祭や儀式などで、いったいどれほどの人が陶酔する瞬間を持てるだろうか？　卒業式も成人式も結婚式も、なんだか軽い。宗教や思想にはハマれない。溶けだした飴のように、長く延びているだけの、終わりなき日常。

スターになりつつある優貴でさえ、作中でつぶやくのだ――俺は、女とも、本当はべつだん――欲望を吐き出す以外には、本当は別に女も欲しくないんだっていう――だったら一体、本当に僕の欲しいものというのは――何だろう。

この呪詛のようなつぶやきこそが、本書に登場するすべての登場人物たちが、密かに共有する嘆きなのだ……いったい何を望むのか。近づきがたいものを望んでいるという状況はありながら、本当の本当は、いったい何を望んでいるのかが、わからない。そして、その気持ちは私たちにそっくり返ってくる。

ふと振り返ってみれば、栗本薫の作品こそが、最高の供犠になり得ているのではないだろうか？

血まみれの、死体だらけの、異常なものの、満載された優れた作品は、その作品世界を架空体験するだけで、祝祭的空間を生きるようなものだ。異常さにおののき、興奮し、読み終えたときには、確かにエロティシズムの片鱗に触れている。

栗本薫の小説世界は、ミステリ、ＳＦ、ホラー、時代小説、耽美小説と広大だが、いずれもエロスの指先に指し示されるまま導かれるのが、たまらない魅力だ。

本書は、一九九六年十月に早川書房より単行本
として刊行された作品を文庫化したものです。

話題作

山本周五郎賞受賞
ダック・コール 稲見一良
ドロップアウトした青年が、河原の石に鳥を描く中年男性に惹かれて夢見た六つの物語。

日本推理作家協会賞受賞
沈黙の教室 折原一
いじめのあった中学校の同窓会を標的に、殺人計画が進行する。錯綜する謎とサスペンス

暗闇の教室 I 百物語の夜 折原一
干上がったダム底の廃校で百物語が呼び出す怪異と殺人。『沈黙の教室』に続く入魂作！

暗闇の教室 II 悪夢、ふたたび 折原一
「百物語の夜」から二十年後、ふたたび関係者を襲う悪夢。謎と眩暈にみちた戦慄の傑作

吉川英治文学賞受賞
死の泉 皆川博子
第二次大戦末期、ナチの産院に身を置くマルガレーテが見た地獄とは？　悪と愛の黙示録

著者略歴　早稲田大学文学部卒
作家　著書『さらしなにっき』『豹頭の仮面』『七人の魔道師』『見知らぬ明日』（以上早川書房刊）他多数

HM=Hayakawa Mystery
SF=Science Fiction
JA=Japanese Author
NV=Novel
NF=Nonfiction
FT=Fantasy

あなたとワルツを踊《おど》りたい

〈JA636〉

二〇〇〇年四月十五日　発行
二〇一五年五月二十五日　二刷

（定価はカバーに表示してあります）

著者　栗《くり》本《もと》薫《かおる》
発行者　早川浩
印刷者　矢部真太郎
発行所　株式会社早川書房
郵便番号　一〇一‐〇〇四六
東京都千代田区神田多町二ノ二
電話　〇三‐三二五二‐三一一一（大代表）
振替　〇〇一六〇‐三‐四七七九九
http://www.hayakawa-online.co.jp
乱丁・落丁本は小社制作部宛お送り下さい。
送料小社負担にてお取りかえいたします。

印刷・三松堂株式会社　製本・株式会社フォーネット社

ISBN978-4-15-030636-6 C0193

本書は活字が大きく読みやすい〈トールサイズ〉です。